KB058818

"……정말 예쁜 분이시네요."

사랑에 빠진 서점 아가씨 17세
오오츠키 아야코

"……당신 자신도 몰랐을 뿐이지,
사실은 어린 여자아이를 좋아했어"

연하의 마마 16세
안젤리카

CONTENTS

Takahashi Hiromu
타카하시
히로무
illustration
아유마 사유
3
이세계에서 돌아온
아저씨가
THE SKILL OF PATERNITY
부성스킬로
파더콤 아가씨들을
헤롱헤롱

일러스트/**아유마 사유**

더 깔끔하게 죽여야 했다.

제일 먼저 떠오른 것은 그런 결벽증 같은 감상이었다.

바닥 한가득 펼쳐진 피 웅덩이.

벽에 잔뜩 달라붙은 살 조각들.

천장에 대롱대롱 매달려 있는 내장으로 보이는 물체…….

이것은 조금 전까지 마왕이라고 불렸던 생물의 잔해다.

놈을 쓰러트리는 데는 마법도 무기도 필요 없었다.

온 힘을 다한 오른손 스트레이트를 배에 때려 넣었다. 단지 그 것뿐이었는데 모든 것이 끝나버렸으니까.

"용사의 사명을 다 하셨군요."

분위기에 어울리지 않는 밝은 목소리로, 필리아가 말했다.

무슨 생각을 하고 있는지, 입가에는 미소까지 짓고 있다.

이 녀석도 마왕의 피를 뒤집어썼는데, 아무렇지도 않은 건가?

"……웃기지도 않네. 정공법으로는 쓰러트릴 수 없었던 상대 가, 겨우 펀치 한방에 끝나버렸어."

꽉 쥐고 있는 오른손으로, 벽을 힘껏 때렸다.

순간,

콰앙!

하는 폭음이 울리고, 견고하기로 유명한 마왕성에 거대한 균 열이 생겼다.

"대체 뭐냐고, 나는? 이건 완전히 천재지변 수준이잖아? 이런 주제에 인간이라고 할 수 있겠어?"

"그 힘 덕분에 세상을 구하셨습니다. 기뻐해야 하지 않을까요?"

"……기뻐하라고?"

피로 물든 손으로, 필리아의 어깨를 움켜쥐었다.

"내가 어떤 기분인지, 너라면 잘 알 텐데……?"

"……엘자 공의 건은 정말 안 됐습니다."

"엘자 뿐만이 아니야."

"그 말씀은?"

"그 녀석, 임신한 상태였어……. 죽는 순간에 표시된 메시지를 보고 알았지."

허리에 차고 있는 칼을 슬쩍 봤다. 왕가에 대대로 전해져 내려오는 칠흑의 마검. 그 성질은 흡수── 가장 사랑하는 사람의 목숨을 힘으로 변환하는 악마의 아티팩트.

"엘자도 모르고 있었어. 배 속에 아이가 있다는 걸 알았다면, 자진해서 제물이 됐을 리가 없다고."

"……그렇군요."

필리아는 내 허리춤으로 손을 뻗더니, 마검 자루를 살며시 쓰다듬었다.

"원래 가장 사랑하는 사람은 이 세상에 단 하나밖에 없는 존재── 하지만 상대가 임신한 상태였다면, 한 번에 두 사람 몫의 생명을 빨아들일 수 있죠. 용사 공이 과도하게 강해진 이유가, 그것 때문인지도 모릅니다."

"그딴 소리를 듣고 싶은 게 아니야."

"그렇다면 뭘 원하시는지요?"

"……너희는…… 너희들 이쪽 세계 인간들은, 대체 무슨 생각을 하는 거지? 다른 세계에서 어린애를 불러들여서 실컷 싸우게 하더니, 겨우 손에 넣은 처자식까지 빼앗아가고…… 그래놓고, 마왕을 쓰러트렸으니까 해피엔딩이라고? 기뻐하라고? 웃기는 소리도 작작 좀 하지 그래……?!"

그냥 여기서 널 죽여 버릴 수도 있다. 그 정도의 증오를 담아서 노려봤다.

하지만 필리아는 웃고 있었다.

"그래서 말씀드리지 않았던가요. 당신은 엘자 공을 선택한 것을 후회하실 거라고."

"뭐?"

저를 좋아했으면 됐을 텐데, 라고. 필리아가 속삭였다.

"당신을 위해서 죽는 여자가, 저라면 좋았을 거예요. 그랬다면 모든 것이 원만하게 수습됐을 텐데."

"무슨 소리를 하는 거야?"

"아무래도 저는, 용사 공의 취향이 아닌 것 같으니까요. ……제가 죽어봤자, 금세 다시 일어날 수 있겠죠?"

"필리아?"

"그냥 죽기 위한 부인이라면, 저한테 맡겼어도 되지 않았나요.

어째서 절 선택하지 않았나요? 그 여자보다 훨씬 더 제대로, 제물 역할을 했을 텐데 말이죠?"

필리아의 눈동자는 어딘가 공허했고, 눈가에는 눈물이 맺혀 있었다.

"……너 설마, 정말로 엘자를 부러워했던 거야? 배 속에 내 자식을 가진 채로, 날 위해서 죽은 최후를…… 질투하는…… 거야?"

"당연하지 않나요."

필리아는 망설이지도 않고 딱 잘라 말했다.

"엘자 공은 치사해요. 이기고 도망친 게 아닌가요, 이건."

그렇게 말하면서 망가진 것처럼 웃는 필리아에게, 더 이상 아무 말도 할 수 없었다.

THE SKILL OF
PATERNITY

따르르르르르릉! 요란한 소리가 귀를 찔렀다.

꿈의 내용은 순식간에 머릿속에서 날아가 버렸고, 내 의식은 강제로 현실 세계로 끌려왔다.

"……아침인가."

눈을 뜨고, 베갯머리에 있는 자명종 시계를 후려쳤다. 시끄러워, 닥쳐. 그런 느낌으로.

하지만, 그게 실수였다.

"?"

빠각! 달걀 껍데기를 깨트리는 것 같은 느낌, 시야를 스치고 지나가는 수많은 플라스틱 조각들.

"……이런!"

벌떡 일어나보니, 침대 이에는 산산이 부서진 자명종 시계의 파편들이 널려 있었다.

──사고 쳤다.

내가 진심으로 뭔가를 때리면, 어지간한 물질들은 고물이 돼버린다. 어지간한 것들이라고 할까, 지구상에 있는 물체 중에는 일단 버틸 수 있는 것이 존재하지 않는다.

물론 평소에는 이런 사고가 벌어지지 않도록 확실하게 대책을 마련해두고 있다.

나는 내 소유물이나 파티 멤버라면 마법으로 내구력을 강화시킬 수 있다. 시계는 물론이고 방에 있는 벽에도 확실하게 마법을 걸어뒀다.

그리고 강화 마법의 효과 시간은 길어야 하루 정도. 한마디로 매일 다시 걸어야 한다는 얘긴데, 어젯밤에는 그걸 깜박한 채로 잠들어버린 것 같다.

"미안해 안제, 시계 망가트려버렸어."

위험하니까 다 치울 때까지 일어나지 말라고 말해뒀다.

안젤리카도 방어력은 높은 편이라서, 플라스틱 조각을 밟은 정도 가지고는 괜찮을지도 모르지만…….

"……저기, 너 뭐 하는 거냐?"

그 안젤리카 말인데, 아까부터 이불 속에서 묘한 짓을 하고 있었다.

잠에서 깬 뒤로 계속, 몸에 무게가 느껴지고 있다.

내 위에 올라타고 있는 것이다.

이불을 살짝 치워봤더니, 눈앞에 새하얀 팬티가 나타났다.

뭐야? 엉덩이가 내 쪽으로 와 있잖아?

그렇다면 이건, 안젤리카 너, 자는 사이에 위아래가 바뀐 거냐?

아무리 그래도 잠버릇이 너무 나쁜 거 아닌가, 라면서 한심해하고 있는데,

"안녕히 주무셨어요, 아빠."

그런, 웅얼거리는 목소리로 인사를 했다.

목소리는 내 사타구니 부근에서 들려오고 있다.

무슨 생각을 하고 있는 건지는 모르겠지만, 안젤리카는 내 하복부에 얼굴을 묻고 있는 것 같다. 소위 식스나인이라고 하는 자세였다.

"왜 그런 데 있는 건데?"

"아빠 여기, 딱딱해졌어."

……자, 잠깐만. 아침에 일어나자마자 뭐 하는 건데.

나는 범인을 자극하지 않도록, 세심한 주의를 기울이면서 설득하기 시작했다. 인질의 가치가 높은 만큼, 실패는 절대로 용납되지 않는다.

"남자는 말이야, 아침이 되면 자동적으로 방어력 상승 버프가 걸리는 생물이야."

"그런가요?!"

"싸우는 생물이니까."

"어, 여길 써서 싸우는 거예요?"

"……어떤 의미에서는 최강의 무기일지도 몰라. 알았으면 얼굴 치워, 위험하니까. 그건 나조차도 완전히 제어할 수 없거든."

"이거, 아침 발기라는 거죠?"

다 알고 있잖아.

"계속 궁금했거든요. 매일 아침마다 배 쪽에 딱딱한 게 닿았는데, 이게 대체 뭐지~ 하고. 그래서 오늘은 큰맘 먹고 관찰해 보려고 했어요."

"매, 매일 아침 그랬었구나…… 미안…… 역시 최대한 빨리, 침대를 따로 써야겠다.

뜨거운 숨결이 내 성검에 닿았고, 부드러운 뭔가가 칼날을 문질러대고 있다. 그리고 들려오는, 천이 쓸리는 소리.

이 느낌…….

"거기다 얼굴 부비는 건 상당히 out이야!"

"옷 위에서 하는 건 괜찮잖아요?"

"하나도 안 괜찮아! 아, 인마, 냄새 맡지 마! 나 진짜로 화낸다!"

쪽, 하고 요염한 입술에서 나는 소리.

이럴 수가…… 이게 대체 무슨 일이야!

옷 위에서라고는 해도, 의붓딸이 내 친아들한테 입을 맞췄어! 뭔가 복잡한 가정환경 같은 표현을 했지만, 실제로는 내 사타구니를 덮치고 있을 뿐이고!

"진짜 그만하라고! 너 이렇게까지 말을 안 듣는 애였냐!"

"그치만요 아빠, 자면서 신관장 이름 불렀거든요!"

"……아마 옛날 꿈이라도 꿨겠지. 아마도 야한 내용은 아닐 거라고…… 생각하거든……."

그다지 자신은 없었다.

"『필리아, 그렇게 내 아이를 갖고 싶은 거냐~』 같은 소리 했거든요! 100% 야한 꿈이잖아요! 왜 제 이름을 안 부르는 거죠?!"

"질투하는 거냐?! 그런 거야?!"

이불을 확 젖히고, 반항기가 한창인 엉덩이를 움켜쥐었다. 열여섯 살의 엉덩이 살은 한없이 건방진 손맛이라서, 손가락이 살속으로 완전히 가라앉았나 싶더니, 곧바로 나의 손가락을 밀어냈다.

이것이 10대의 살…… 탄력…… 아동청소년법 위반…….

너무나 켕기는 기분이 들어서, 순간적으로 아버지의 위엄을 잃어버릴 뻔했다.

하지만 바로 정신을 차리고는, 안젤리카의 몸을 벌렁 뒤집었다.

형세 역전.

똑바로 누운 안젤리카를 위에서 덮치는 모양으로 잔소리를 시작했다.

"아무리 그래도 말이야, 뭐든지 정도라는 게 있는 거라고. 지금 네가 한 짓은 넘어서는 안 되는 선을 넘은 거야. 알았어?"

"……."

안젤리카가 안 그래도 커다란 눈을 더 크게 뜨고서 날 쳐다보고 있었다. 파란 눈동자에, 남자의 굳은 얼굴이 비치고 있다.

"대답해야지?"

"……응……."

"안제?"

"……아빠라면…… 괜찮아."

뭐가?

넌 이 상황에서 대체 무슨 허가를 내주고 있는 건데.

"상대가 아빠라면, 넘어서는 안 되는 선을 넘어도…… 되거든?"

"위험한 착각을 하고 있는 것 같은데?!"

이 교착상태는 수십 분 정도 계속됐지만, 「서로가 소변을 참는 게 한계」라는 엉뚱한 이유 때문에 끝나고 말았다.

화장실에서 볼일을 본 우리들은 자명종 시계의 잔해들을 치우고 아침 식사를 했다. 어이쿠 이런, 집안에 강화 마법부터 걸어 둬야지.

좋았어, 지금부터는 일상 모드다. 평소와 똑같은 나와 안젤리카다.

나는 된장국을 마시면서 벽에 걸린 달력을 봤다.

오늘은 2월 3일.

바로 며칠 전까지 새해 분위기였던 것 같은데, 벌써 절분(節分) 때가 됐다. 나이를 먹으면 시간이 빨리 간다는 게 정말이었구나, 라고. 기지개를 켜면서 생각했다.

이렇게 집에서 데굴거리고 있으니까, 며칠 전에 있었던 격전이 거짓말이 아니었나 싶은 생각이 들었다.

내가 고블린을 퇴치하고, 그리고 필리아의 정신을 파괴한 뒤로 닷새가 지났다.

그 일이 우리한테 끼친 영향에 대해 말하자면, 일단 리오가 집 없는 아이가 된 게 가장 크다고 해야겠지.

어쨌거나 리오네 집에는, 마룻바닥에 구멍이 잔뜩 뚫린 데다 고블린 시체들이 잔뜩 굴러다니는 참상이 벌어졌다. 처음 며칠 동안은 그냥 평소대로 드나들었다는 것 같지만, 어느 날 갑자기 순찰차가 떼로 몰려와서 출입 금지 지역으로 설정했다는 것 같다.

숙박비는 준다고 했으니 그나마 다행이지만, 거만하게 굴어서 정말 짜증이 났다고, 리오가 그렇게 말했다.

뭐, 그런 괴생물들의 시체가 발견됐으니까 꼼꼼하게 조사하는 건 당연한 일이겠지. 아마 지금쯤이면 높으신 분들이 고개를 갸웃거리면서 리오네 집을 조사하고 있을 것이다.

지금까지 민간인인 내가 열심히 싸웠던 게 이상한 일이었고, 이제야 겨우 안심할 수 있게 됐다고 해야겠지. 이런 건 국가기관 쪽에서 잘 처리해줬으면 싶다. 나하고는 상관없는 일이니까.

그렇게 무책임한 생각을 하고 있다가, 안젤리카가 날 빤히 쳐다보고 있다는 걸 알았다.

금발벽안의 이세계 사람이, 한 손에 젓가락을 들고서 이렇게 말했다.

"아기가 갖고 싶으세요?"

"밥 먹다 말고 무슨 소리야. 그나저나 너, 필리아를 쓰러트린 뒤로 뭔가 좀 이상하다."

"그치만요, 아빠가 쓸쓸해 보이잖아요."

"내가?"

"옛날 동료를 해치운 탓인지, 유난히 풀이 죽은 것처럼 보이거든요."

"……그럴지도 모르겠네."

"그래서 아빠 아이를 낳아서, 그 쓸쓸함을 풀어드리고 싶거든요."

아까 이상할 정도로 적극적이었던 것도, 그 탓이려나.

"쓸쓸해 보이니까 임신해 줄게, 라는 것도 좀 그렇지 않냐."

하지만 안젤리카의 머리가 이상하다고 단정하는 것도 너무 성

급한 짓이겠지. 아무래도 중세 유럽 같은 세계의 사람이니까,

『젊을 때는 열심히 아이를 낳아야 한다.』

그런 가치관이 몸에 배 있다.

『무기력한 독신 남자는, 가정을 꾸리게 하면 어떻게든 된다.』

이런 것도, 저쪽 세계에서는 아주 당연하다는 사고방식이었다. 딴 맘이 있어서 하는 소리가 아니라, 한마디로 단순한 문화 차이일 뿐이다.

"힘들 때는 애를 만드는 게 제일이라고요. 자, 자, 속는 셈 치고 해보죠."

"말은 그렇게 해도 말이야……."

"아마도 아이가 생기면 고민도 피로도 펑! 하고 날아가 버릴 거라고요. 예?"

"무슨 위험한 약이냐."

아니, 이건 이세계 사람이라서 그렇다고 할까, 그냥 안젤리카가 이상해서 그러는 건 아닐까? 아무리 많이 태어나고 많이 죽는 세계의 사람이라고 해도, 좀 과도한 것 같은데…….

"그나저나 너, 허구한 날 아기를 갖고 싶다는 소리만 하는데, 엄마가 된 뒤에 대한 명확한 비전 같은 건 있어? 애는 대체 어떻게 키울 건데."

그렇게 물었더니,

"당연히 응석받이로 키워야죠."

자신만만하게 말했다.

……상냥한 엄마를 목표로 하는 거냐.

"물론 아빠한테도 응석 부리게 할 거고요. 그거 아세요? 만약에 아기가 생기면, 아빠는 오빠가 되는 거잖아요. 지금 저한테 응석 부리는 연습을 해두지 않으면, 그때는 이미 늦을 것 같거든요."

"의미를 모르겠다. 자식의 오빠가 된다는 게 대체 뭔데?"

"가끔씩 그런 얘기 있잖아요?『결혼한 뒤에 남편의 응석을 너무 받아주면 안 된다. 덩치만 큰 큰아들이 된다』는, 그런 얘기."

"여성 잡지 같은 데서 나오는, 남자들 마음을 아프게 하는 문구잖아."

"제 경우에는 그게 이상적인 관계라고요. 남편이 열심히 응석을 부려줬으면 싶어요. 그러니까 아빠는, 아빠이자 남편이자 큰아들. 혼자서 세 가지 역할을 해야 한다고요. 그럴 각오는 있으신가요?"

"있을 리가 있나?!"

"안심하세요. 제가 젖먹이 때부터 다시 잘 키워서, 훌륭한 아들 아빠로 교정해드릴 테니까."

의붓딸을 임신시키고, 의붓딸한테 키워진다. 그놈, 틀림없이 위험한 놈이다. 건전한 요소가 하나도 없잖아.

그리고 아들 아빠라는 말이 너무나 사악하다. 어쩌면 내 주위에 있는 여자애 중에서 안젤리카가 제일 위험한지도 모르겠다.

어젯밤에는 나한테 무릎베개를 해주고 자장자장까지 해줬으니까. 확실하게 말해서, 이세계 시절에 받았던 어떤 정신간섭보다 파괴력이 강했다. 겨우 몇 초뿐이기는 했지만, 정신연령이

스무 살 가까이 떨어져 버렸었다. 이대로 가면 아빠의 권위가 실추될 수 있다는 위기감이 느껴져서, 서둘러 「이래 봬도 수입이 계속 올라가고 있거든」이라고 말하면서 어른 남자로서의 위엄을 어필했을 정도였다.

돈 있는 남자. 어때? 애 취급할 요소가 없지?

그렇게 으스대고 있었더니 안젤리카가 「월급이 많아지면 아빠가 멀리 가버릴 것 같아서 싫어」라고 말했다. 「아빠가 글러 먹은 사람이면 다른 여자들이 다가오지도 않을 테고, 가능하다면 내가 먹여 살려주고 싶어」라나 뭐라나.

하다, 하다.

"제가 일을 시작하면, 아빠는 꼭 백수가 돼줘야 해요."

같은, 말도 안 되는 발언까지 하고 말았다.

……위험해.

역시 안젤리카한테는 남자를 함락시키는 소질이 있다. 방심하면 바로 기둥서방이 돼버릴 것 같은 기분이 든다.

지금은 이 녀석한테 생활력이 전혀 없어서 어떻게든 버티고 있지만, 수입이 역전되면 바로 용돈을 받아서 쓰게 될 것 같다. 「안제 엄마, 나 소셜 게임에 과금 하고 싶어!」라면서 조르게 되겠지.

그리고 안젤리카는 「어쩔 수 없네」라고 하면서 나한테 만 엔짜리 지폐를 줄 테고.

그 돈으로 선불카드를 사러 편의점을 향해 달려가는 내 모습을 쉽게 상상할 수 있다. 아마도 마지막에는 아예 안젤리카가 대신 사러 가기도 하겠지.

그런 건 싫다. 상상만 해도 무섭다. 그런데 너무나 명확한 이미지를 떠올리고 있는 나 자신이 너무나 싫다.

"뭔가 멍한 표정을 짓고 있는데, 무슨 생각 하세요?"

"뭐?"

"혹시, 저한테 응석 부리는 모습을 상상하신 건가요?"

그럴 리가 있겠냐, 라고 얼버무리고는 먹던 밥을 계속 먹었다.

정말이지, 내가 대체 무슨 생각을 하는 거야?

오늘도 할 일이 잔뜩 있는데.

그렇다. 최근에 나는 엄청나게 바쁘다. 일이 끝나면 바로 집으로 오는 게 아니라, 호텔에 들러서 필리아를 돌보는 생활을 계속하고 있다.

솔직히 말해서 부담은 상당히 크다.

안젤리카한테 도와달라고 할까도 싶었지만,

『사실은 너한테 레이스를 빙의시켰던 여자를 숨겨두고 있어.』

같은 소리를 했을 때 간단히 도와줄 사춘기 여자애가 과연 이 세상에 존재할까?

아니, 그럴 리가. 틀림없이 수라장이 벌어진다.

그리고 필리아의 신분은 불법 체류 중인 외국인이기 때문에, 복지시설에 들어갈 수도 없다.

덕분에 혼자서 육아와 가사를 떠맡고 있는 상황인데, 어쩔 수 없잖아. 이건 내가 선택한 길이니까.

"잘 먹었습니다."

먼저 밥을 다 먹은 나는 외출 준비를 시작했다.

이를 닦고 수염을 깎고, 그리고 옷을 갈아입고는 빠른 걸음으로 현관 쪽으로 걸어갔다.

"벌써 출근하세요?"

"응."

"오늘은 일찍 들어오실 거죠?"

"미안, 늦을 것 같아. 저녁 식사 때까지는 올 수 있겠지만."

"요즘…… 매일 그러시네요. 어디 들렀다 오는 거예요? 혹시 다른 여자 만나는 건가요?"

정답. 역시 여자애라니까, 이런 때는 감이 정말 예리한 것 같다. 남자가 뭔가 켕기는 게 있는 곳으로 갈 때면, 여자들은 감이 예리해지는 법이다.

나는 엘자 몰래 환락가에 놀러 갔던 20대 시절을 떠올리면서,

"필리아의 성묘를 가고 있어."

그렇게, 미묘하게 진실이 섞인 거짓말을 했다.

"아…… 그, 그러셨군요."

효과는 확실. 안젤리카는 바로 얌전해졌고, 미안하다는 것처럼 어깨를 축 늘어뜨렸다.

"……죽은 사람한테는 죄가 없으니까요. 얘기 많이 해주세요."

나는 약간의 죄악감을 맛보면서 방에서 나왔다.

보통 출근 시간보다 약간 늦은 것 같아서 황급히 계단을 뛰어 내려가다가, 힘이 넘쳐서 계단 난간을 쥐어서 뭉개버리고 말았다.

정말 귀찮은 체질이라니까, 이놈의 치트 용사는.

◇　◇　◇

시시한 예능 프로그램의 말단 게스트. 답이 없는 일이지만, 일단 끝내고 나면 나름대로 달성감은 있다.

나는 기분 좋은 피로감을 맛보면서 엘리베이터를 타고 3층으로 갔다.

시간은 이미 오후 네 시가 지났다. 아마 필리아가 목이 빠져라 기다리고 있겠지.

서두르자.

시내에 있는 비즈니스호텔의 307호.

현재 필리아는 여기서 살고 있다. 숨겨둔 불륜녀 같다고나 할까.

나한테 그런 주변머리는 없지만 말이야.

씁쓸하게 웃으면서 카드키를 센서에 대고 문을 열었다.

평소 같으면 내가 들어가자마자 「아빠!」하고 부르면서 달려들었는데──

"어라?"

신기하게도, 오늘은 필리아가 달려들지 않았다. 이건 처음 있는 패턴이다.

혹시 자고 있나? 싶어서 방 안쪽으로 들어가 봤더니,

"뭐야, 깨어 있었구나."

필리아는 침대 한복판에서 얌전히 앉아 있었다.

자기 키만큼이나 긴 은색 머리카락, 마린 블루색 눈동자, 이목구비가 또렷한 얼굴, 나올 덴 나오고 들어갈 덴 들어간 몸.

하지만 그 어른스러운 미모와 반대로, 알맹이는 세 살 아이다.

그래서 네글리제 옷자락이 올라가서 허벅지가 훤히 드러나 있어도…… 어깨끈이 흘러 내려와서 유방이 반쯤 드러나 있어도…… 매무새를 고칠 생각이 없는 것 같다.

입히기 쉽고 벗기기도 쉽고, 게다가 화장실 갈 때도 편하다는 이유로 이 옷을 입혀줬는데, 번번이 어디를 봐야 좋을지 모르는 사태가 벌어지는 게 큰 문제다.

"필리아~ 아빠 왔다."

"응~."

건성으로 하는 대답. 아무래도 TV에 정신이 팔린 것 같다.

대체 뭐가 그렇게 재미있어서 열심히 보고 있는 건가 싶어서 화면을 봤더니, 아동용 애니메이션이 나오고 있었다.

"아빠, 야옹이!"

"그러게. 고양이들이 잔뜩 춤추고 있네."

"야옹~ 야옹~. 냥냥냥~."

필리아는 애니메이션 캐릭터의 울음소리를 흉내 내면서 신나게 몸을 흔들어대기 시작했다.

성인 여성이라는 걸 믿을 수 없는 어린애 같은 몸짓. 한눈에 봐도 알 수 있는 이상한 모습을 보고, 내가 알고 있던 필리아는 더 이상 존재하지 않는다는 것을 새삼 느꼈다.

마음속 깊은 곳이 욱신욱신하고 아파왔다.

나는 필리아를 살짝 안아주고는 머리를 살살 쓰다듬어줬다. 매끄러운 은발이 살랑살랑, 손가락 사이에서 미끄러졌다.

"아빠?"

이런 생활이 오래가지는 않을 것이다.

금전적인 부담도 크고, 일을 하면서 여기에 드나드는 건 스케줄 면에서도 힘들어지기 시작했다.

"……어떻게 해야 하지."

마음이 어린애고, 그런데도 몸은 어른이고, 원래는 나쁜 사람 그 자체고, 주된 피해자는 안젤리카와 리오고. 이렇게까지 글러먹은 여자를, 대체 어떻게 돌봐줘야 하는 걸까?

역시 필리아는, 그대로 죽게 두는 쪽이 좋았던 걸까?

……아냐. 이게 정답이다.

어떤 사람이건 죽는 것보다 살리는 쪽이 좋다. 어딘가 쓸 데가 있을지도 모르고── 엘자도 안젤리카도, 내가 사람을 죽이는 건 좋아하지 않을 테니까.

나는 잘못하지 않았다. 괜찮다.

필사적으로 나 자신을 달래고 있는데, 갑자기 필리아가 난리를 치기 시작했다.

"아빠, 아빠."

어째선지 TV 화면을 가리키면서, 완전히 겁먹은 표정으로 날 쳐다봤다.

"저거 싫어…… 무서워."

화면을 봤더니, 화면 왼쪽 끝에 파란 공간이 생기고, 가로와 세로 방향으로 자막이 표시되고 있었다.

소위 말하는 L자형 자막이라는 것이다.

큰 재해나 특별한 법안 가결, 그리고 외국에서 인질로 잡혀 있던 자국민이 살해당한 때에 이런 게 나온다고 들은 적이 있다. 전부 내가 이세계에 있는 동안에 일어났던 일이기 때문에, 실시간으로 보는 건 처음이지만.

『나가노현 남부에서 가스 누출 사고.』
『긴급 대피 권고.』

애니메이션 프로그램에 어울리지 않는 흉흉한 문자들이 흘러간다.

……나가노현 남부 이이다시에서 착란 상태에 빠진 사람들이 대량으로 발생한 것으로 보인다. 피해 범위는 지금도 계속 이동하고 있고, 시속 40km속도를 유지한 채로 동쪽을 향해 직진 중…….

"이동?"

가스가 바람을 타고 날아간다는 뜻이려나.

아냐, 하지만. 아무리 그래도 자동차 정도 속도로 이동할 리는 없을 텐데?

……설마, 또 이세계에서 자객이 온 건가?

턱에 손을 대고 생각에 잠겨 있는데.

"으억?!"

쓰러지는 것처럼, 필리아가 나한테 매달렸다.

"싫어…… 싫어…… 무서운 거 싫어……."

필리아는 내 가슴에 얼굴을 묻고, 도리도리하는 아이처럼 고개를 저어대고 있다.

지성을 잃었는데도 언어 이해 스킬이 작용하고 있는 건, 어쩐 의미에서는 비극인지도 모른다. 진짜 어린애라면 읽을 수 없는 자막을 보고 무서워하게 되는 거니까.

"안심해, 내가 있잖아."

"아, 우, 으으으. 으으으으."

나는 필리아의 등을 쓰다듬어주고, 토닥토닥하면서 달래줬다.

이게 무슨 촌극인지.

원래는 죽었어야 할 사람과 우습지도 않은 부녀 놀이를 반복하고 있다. 게다가 정 때문이 아니라── 완전히 자기만족 때문이라는 점이 더더욱 우습게 만들고 있다.

내가 필리아를 살려준 건, 결코 동정했기 때문이 아니라.

내 추억이 너무 귀여워서, 살려준 것이다.

옛날에 좋아했던 여자의 사진을 쓰레기통에 버렸다가 다시 꺼내는. 그런 감각으로 살려준 것이다.

"······나도 미련이 참 많은 성격이라니까."

씁쓸하게 웃으면서 필리아를 달래주고 있는데, 엉덩이 쪽에서 뜨끈한 것이 번져나가는 느낌이 들었다.

"?"

살짝 풍겨오는 암모니아 냄새, 울 것 같은 얼굴로 고개를 숙이는 필리아.

혹시······.

"쉬 했어?"

"······죄송해요, 아빠."

야단맞을 거라고 생각했는지, 필리아가 훌쩍거리기 시작했다.

"신경 쓰지 마. 애들한테는 흔히 있는 일이니까."

나는 필리아를 일으켜 세우고는, 네글리제 옷자락을 추어올렸다.

일단 허벅지를 타고 흘러내리는 액체를 티슈로 닦아서 응급처치를 했다.

예민한 부분은······ 여기가 제일 많이 묻었으니까, 닦아주는 게 좋겠지. 물방울을 흘리면서 돌아다니면 온 방 안이 더러워질 테니까.

마음을 비우고, 티슈를 뭉쳐서 음부를 톡톡 두드려준다.

"······응······ 아응······."

필리아의 숨결이 거칠어진 것 같은 기분이 들지만, 깊이 생각하지 않기로 마음먹고서 국부를 닦아줬다.

"아응······ 하으응······ 아빠, 손가락······."

안 되겠지. 물기를 닦아주려고 시작한 행위인데, 오히려 점점 더 습해지고 있잖아.

더 이상 건드리는 건 역효과라는 걸 깨닫고, 어쩔 수 없이 필리아를 바닥으로 이동시켰다.

침대 시트는…… 일단 벗겨둘까. 나중에 프런트에 전화해서 교체해달라고 해야겠다.

"됐다."

더러워진 것의 격리도 끝났으니까, 다음엔 몸을 씻어줘야지.

"자, 아빠 따라와. 씻어줄게."

필리아 손을 잡고 욕실로 갔다.

"싫어~! 목욕 싫어!"

"안 씻으면 지지잖아? 아빠랑 같이 목욕하자, 응?"

"시저~!"

칭얼대는 필리아를 붙잡고, 반쯤 프로레슬링이라도 하는 것 같은 모양으로 네글리제를 벗겼다. 당연히 서로의 몸이 여기저기 부딪쳤고, 콰직! 하는 들려서는 안 될 소리가 울리기도 했다.

그나저나 지금 이거, 호텔 일부를 파괴해버린 소리 아닌가?

모든 스테이터스가 1만이 넘는 남녀가 있는 힘껏 뒤엉키면, 지구상의 물체는 간단히 분쇄되고 만다. 당연한 물리 법칙이다. 이쪽은 힘을 조절할 수 있는 상황이 아니니까, 관대하게 봐줬으면 좋겠는데,

"아~. 이건 100% 변상해야겠네."

한 귀퉁이가 떨어져 나간 욕조를 슬쩍 보며, 이번엔 내 옷을

벗었다.

그리고는 어깨를 축 늘어트렸다.

뭐가 치트 용사냐고. 사회생활도 제대로 못 할 정도의 힘 같은 건, 저주랑 다를 게 없잖아.

나는 앞으로도 계속, 이 몸을 가지고 살아가야만 한다. 고향에 적응하지 못하는 몸으로, 은발 미녀의 음부를 닦아줘야 한다. 그게 나한테 내려진 벌이겠지.

……응?

이게 벌이 맞나?

왠지 평범하게 즐거울 것 같잖아……?

긍정적인 생각이 들었을 때, 샤워기를 손에 들었다. 물 온도를 조절하고, 미지근한 물이 나오는 걸 확인하고는── 바로 필리아의 사타구니에 들이댔다.

"아아아아아아아으으으으으으으으!!"

쏴아~ 세차게 뿜어져 나온 물이 비부를 씻어준다. 위치가 위치라서 그런지 필리아는 등을 크게 뒤로 젖히고는 이상한 소리를 냈다.

"흐앙! 아앙! 아아아아아아아아앙!"

【파티 멤버, 신관장 필리아의 호감도가 1000 상승했습니다.】

◇ ◇ ◇

간신히 필리아를 재우고, 나는 몸을 질질 끄는 기분으로 호텔에서 나왔다

내 신체 능력은 괴물 수준이지만 이상할 정도로 지쳤다. 아마도 정신적인 피로 때문이겠지.

……씻는 중에 점점 애액이 흘러나왔으니까 말이야, 그 녀석.

정말 사람 미치게 만드는 짓이라니까.

안 그래도 매일 안젤리카가 몸으로 들이대고, 리오는 외설적인 사진을 보내오는 것 때문에 참기 힘들어 죽겠는데 말이야.

차라리 그런 가게에 가서 서비스를 받고 후련하게 털어버릴까? 그런 최악의 상상을 하면서 길을 걸어갔다.

목적지는 오오츠키 서점이다.

사실 필리아를 숨겨준 호텔과 아야코네 집은 거의 몇 백 미터 거리밖에 안 된다. 그래서 필리아를 돌보고 돌아오는 길에 서점에 들르는 게 일과가 되어 있었다.

스케줄이 아슬아슬하다면서 딴 데 들를 시간은 있나요, 라고. 마음속에 있는 안젤리카가 차갑게 한마디 했지만, 그러니까 더더욱 들러야지! 라고 반론했다.

바쁜 나날을 보내고 있는 만큼, 기분전환도 꼭 필요한 거라고.

책을 뒤지다 보면 기분전환도 되고, 아야코도 정기적으로 얼

굴을 보여주지 않으면 정신이 이상해질 것 같으니까, 일석이조라고 해야지. 설령 그 새가 병에 걸린 해조(害鳥)라고 해도, 예쁘게 생긴 암컷이다. 굳이 버릴 이유는 없지.

뭐, 어쩌고저쩌고해도 아야코가 미소녀다보니까, 나도 모르게 자꾸 보러 가게 되는 것이다.

일그러진 본성을 알았을 때는 경찰에 신고라도 해야 하나 싶었지만, 날 상대할 때면 가슴을 들이대면서 접객을 해주니까, 사소한 일은 넘어가자고! 라는 기분이 됐다.

……한마디로 이건, 아야코가 날 조교하는 게 거의 끝나가고 있다는 뜻이 아닐까?

자기혐오에 빠지면서 횡단보도를 건너자, 오오츠키 고서점의 입구가 보이기 시작했다.

나는 여고생 가슴 따위엔 관심 없어, 러시아 글자를 읽고 싶을 뿐이야, 같은 태도로 미닫이문을 열었다.

"……어서 오세요."

아무리 봐도 접객업이라고는 생각할 수 없는, 조용한 볼륨으로 속삭이는 목소리.

목소리의 주인은 당연히 카운터 안쪽에 앉아 있는 아야코다.

열일곱 살의 현역 여고생이고, 어른스러운 분위기에 안경 쓴 여자아이.

얼핏 보면 수수하다는 인상이지만, 눈을 가리고 있는 앞머리를 뒤에 예쁜 얼굴이 숨어있다는 걸 알고 있다.

그리고 옷 속에는 풍만한 바스트가 숨어…… 아니, 다 숨기지 못할 정도로 부풀어 있어서, 이 가게에는 남성 손님들이 유난히 많다.

나도 그중에 하나고.

오늘은 학교 끝나자마자 바로 가게 일을 시작한 걸까? 교복 위에 서점 점원들이 흔히 착용하는 앞치마를 하고 있는데, 이게 또 너무나 잘 어울렸다.

이 외모로 근친상간에 푹 빠져버린 파더콤이라니, 아무리 생각해도 비극이라고, 다시 한번 뼈저리게 느꼈다.

친아버지와 닮았다는 이유로 나한테 빠졌을 정도니까 말이야. 그리고 단순한 짝사랑이라면 또 모를까, 밤이면 밤마다 내가 오징어한테 겁탈당하는 합성 사진을 만드는 건 자제해줬으면 싶고,『이걸로 여섯 번이나 했어요』라고 SNS에서 자랑하는 건 팬으로서의 어필이 아니라 단순한 정신질환이라고 생각한다. 그거, 나름대로 뒷계정이라고 생각하는 것 같지만, 다 알고 있거든. 잠금 설정을 해두지도 않았고.

"요즘…… 자주 와주시네요."

어제도 나를 가지고 여섯 번이나 했다는 아야코가, 청순한 미소를 지으면서 말했다.

"오면 안 되나?"

"……안 되는 건 아니에요. 기뻐요. ……하지만."

뭔가 마음에 걸리는 거라도 있는 걸까.

아야코는 고개를 숙이고 꾸물거렸지만, 마침내 마음을 다잡은 것처럼 고개를 들었다.

"나카모토 씨…… 샴푸 냄새, 나요."

"뭐?"

"씻고…… 오셨나요?"

아직 저녁 식사도 하기 전인데 목욕을 하고 왔다는 건 아무래도 자연스럽지 못하겠지. 어디서 필리아에 대한 게 들킬지 모르는 일이니까,

"기분 탓 아냐?"

라고 잡아뗐다.

"하지만, 플로럴한 향기가 감도는데요…….”

"전철 안에서 어떤 여자가 나한테 기댔었는데, 그것 때문인지도 모르겠네."

"후후. 여자 문제로 고생이 많네요, 나카모토 씨는."

후후, 같은 소리를 했지만, 아야코의 눈은 전혀 웃지 않았다. 아마도 머릿속에서 나와 오징어를 가지고 이상한 상상을 할 때도 이런 표정이겠지.

"나카모토 씨…… 머리카락, 좀 축축하지 않나요?"

"뭐?"

재빨리 뒷머리를 만져봤더니, 분명히 축축한 감촉이 느껴졌다.

──경솔했다.

하필이면 머리카락도 제대로 말리지 않고 호텔에서 나와 버린 것 같다.

"……역시 어디선가 씻고 오신 거죠?"

기분은 고양이 앞의 쥐. 나 나쁜 쥐 아니야, 정말 맛없는 인형

이야, 먹으면 토할거야, 라면서 바들바들 떠는 불쌍한 사냥감이
었다.

"……여기 오기 전에…… 뭐 하셨나요?"

사실은 호텔에서 백인 여자랑 서로 씻어주기 하고 왔습니다,
라고 말할 수는 없다.

어떻게 헤쳐 나가야 좋을지 이리저리 눈을 돌리고 있는데, 아
야코가 천천히 자리에서 일어나더니 내 곁으로 다가왔다.

"……나카모토 씨는 모르셨던 것 같지만…… 최근에, 항상 머
리카락이 젖은 채로 가게에 오셨어요."

아야코의 표정이 점점 험악해져갔다.

"……남자니까, 그런 데 관심이 있다는 건 이해해요."

"그, 그런 데……?"

설마 필리아에 대한 걸 눈치챈 건가.

아니면 아까부터 계속 가슴을 슬쩍슬쩍 본 것 때문에 화가 났
나?

짚이는 게 너무 많은 나한테, 아야코가 한 행동은———

"……어?"

이럴 수가, 살며시 끌어안아 줬다.

정면에서, 연인처럼.

모든 것을 감싸주는 것처럼.

"아야코……?"

소녀의 온기와 달콤하고 청결한 사춘기의 향기. 이것만으로도
효과적인데, 뭔가 부드러운 것까지 내 몸에 닿고 있다. 그 훌륭

한 감촉에, 나도 모르게 촉각의 대부분을 집중해버리고 말았다.

"저…… 나카모토 씨가 좋아요."

왜 이 타이밍에서 고백인데?!

도저히 알 수 없는 여자 마음 때문에 (안제보다 큰데)라는 부적절한 감상을 품고 있는데, 아야코가 떨리는 목소리로 말했다.

"……좋아하니까…… 그러니까…… 잘못된 길로 빠지지 않았으면 싶어요."

그렇게 말하면서, 아야코는 내 오른손을 잡고── 자기 가슴 쪽으로 가져갔다.

물컹.

잔뜩 부풀어 오른 17세의 가슴에, 32세의 손이 착지했다.

아, 아야코?

이거야말로 잘못된 길이 아닐까?

순간적으로 샘솟았던 냉정한 독백도, 손에서 느껴지는 몰캉몰캉한 감각이 몰아내고 말았다.

부드럽다.

크다.

기분 좋다.

지방과 유선(乳腺)이 자아내는 죄악의 과실. 이것을 맛보면 끝장. 바깥세상이라는 낙원에서 추방당하게 만드는 멜론 크기의 원죄다. 마음속에서 뱀이 속삭인다. 『자세히 보니까 이브 몸매 죽이지 않냐? 지혜의 몸을 먹기 전이라면, 책임 능력 여하에 따라서는 석방해줄지도 모르거든?』이라고.

저항해야만 한다.

이 손을 뿌리쳐야 한다.

분명히 알고 있는데, 저항하지 못하는 나 자신이 너무나 답답하다.

계속 만지고 싶다는 본능의 명령에 거역할 수가 없어!

"나카모토 씨라면…… 마음대로 해도 돼요. 이 몸을 전부, 드리겠어요……."

아야코는 내 오른손을 움직여서 주물주물, 유방을 주무르게하고 있다. 옷 위에서 이 정도 탄력이 느껴진다면, 직접 만지면대체 어떻게 될까?

뭐야, 내가 대체 무슨 상상을 하는 거냐고!

완전히 풍전등화가 돼버린 이성을 총동원해서, 쥐어짜는 것처럼 외쳤다.

"왜 이러는 거야, 아야코?!"

"……아서, ……래요."

"뭐?"

"나카모토 씨가, 많이 쌓인 것 같아서 그래요!!"

"내가?!"

"최근 며칠 동안, 나카모토 씨가 야한 가게에 다니면서, 서……성적인 서비스를 받고 있다는 거, 저는 눈치챘다고요!"

"아니거든——?!"

"매번 머리카락이 젖은 상태로 가게에 오고…… 여자 냄새가물씬물씬 풍기고…… 그것 말고 뭐가 있겠어요! 저는, 나카모토

씨가 그런 가게 단골손님이 되는 건 싫어요! 그렇게 되는 걸 보고 있느니, 제가…… 제가, 성욕을 처리해 드릴게요……!"

아무래도 필리아의 몸을 씻어준 뒤에 서점에 들르는 일이 몇 번이나 계속된 탓에, 엉뚱한 오해를 초래한 것 같다.

"……나카모토 씨를 위해서, 제안하는 거예요. 그런 데서 놀면, 돈도 많이 들잖아요. 그러다 병이 옮을 수도 있고. ……저라면, 나, 남성 경험, 없으니까. 절대로, 안심할 수 있을 거예요."

아야코는 절박한 표정으로 호소했다.

가게 앞에서 충돌 사고가 벌어졌던 때보다 훨씬 진지한 얼굴이다.

"……나카모토 씨가 번 돈이니까, 어떻게 쓰건 나카모토 씨 마음이지만…… 그래도, 여자랑 노는데 쓰는 건 싫어요……!"

"아니라니까 그러네! 이건, 그러니까…… 그게."

이 상황을 수습하려면 어느 정도 진실을 말하는 수밖에 없다. 나는 어쩔 수 없이, 아야코에게 사정을 설명하기로 했다. 물론 이세계에 관한 정보는 숨긴 상태로.

"아는 사람을 돌봐주고 있거든."

"……가족이 아니라, 아는 사람인가요."

"그래. 옛날에 같이 일했던 사람인데, 사고가 나서 머리를 다쳤거든."

"사고……."

"지금은 지능이 어린애 수준으로 떨어져서, 누가 돌봐줘야만 하는 상황이야."

"……어째서 나카모토 씨가 돌봐줘야 하는 거죠."

"내가 관계된 사고였거든. ……그 녀석이 망가진 건 내 탓이야."

목소리 톤을 보고 사실을 말하고 있다고 판단했겠지. 아야코는 조용히 몸을 떼고, 나를 놓아줬다.

"……나카모토 씨한테 예전에…… 무슨 일이 있었던 것 같다고 생각은 했어요. 많은 일을 할 수 있는데…… 마치 자기를 괴롭히려는 것처럼, 살고 있어서……."

"제대로 봤어. 난 원래는, 살아있어서는 안 되는 인간이니까."

"……그럴 리가."

"지금도―― 근본적인 부분은 여전히 쓰레기야. 식객이 생겨서 열심히 일하고 있을 뿐이고, 안 그랬으면 언제까지고 반백수로 살았을 거라고 생각해."

어쩌면 번아웃 증후군이라고 부르는 그런 것인지도 모른다.

힘 조절이 안 된다느니 공백 기간이 너무 많다느니 하는 것들은 전부 핑계일 뿐이고.

사실은 정신적인 문제―― 이세계에서의 모험이 없었던 일이 돼버렸다는 허무함과 엘자를 잃은 게 대한 아픔. 그것들이 원인이 돼서, 나는 모든 의욕을 상실해버렸을 것이다.

"저기…… 저는…… 나카모토 씨가 걱정됐을 뿐이고…… 이렇게, 아픈 과거를 건드릴 생각은, 없었는데……."

아야코는 곤란해하는 얼굴로 앞치마 자락을 꼭 쥐고 있다. 이제 와서 자기 언동을 후회하기 시작한 건지도 모른다.

"괜찮아, 난 신경 안 쓰니까. 그야 뭐, 온몸에서 젊은 여자 냄새가 나면 이상하게 여기는 것도 어쩔 수 없는 일이지."

"……젊은 여자."

40세인 필리아를 「젊다」고 표현하는 것도 좀 그렇다는 생각이 들기는 했지만, 육체 연령은 29세에서 멈춰 있으니까 그렇게 설명하는 쪽이 무난하겠지. 아마도 나한테서 난다는 체취도 젊은 사람인 것 같다고 했으니까.

"……그 여자분은, 어떤 사람인가요?"

"외국인이야."

"……외모는, 예쁜가요?"

"미녀지. 얼핏 보면 헐리우드 여배우 같은 느낌이야."

아야코의 눈썹이 씰룩씰룩 경련하고 있다.

"……나카모토 씨는 항상, 그 사람을 돌봐주고 있는 거죠? 대소변 관련도, 목욕도?"

"당연히 그렇지. 덩치만 큰 갓난아이 같은 상태니까."

"……."

"어째선지 나를 자기 아빠라고 생각하고 있는 것 같거든. 아빠라고 부르면서 응석까지 부리고 있다니까."

"……."

아야코가 중간까지는 얌전히 듣고 있었는데,

"그 녀석이 소변도 못 가려서, 매일 기저귀까지 채워주고 있거든."

그렇게 말한 순간, 눈동자에서 빛이 소실되고 말았다.

"……예? 뭐요? 죄송해요, 지금 뭐라고?"

"밤에 화장실 가는 게 무섭다고 해서 말이야. 아침이 되면 꼭 쉬를 싸놨거든. 그래서 하는 수 없이 어른용 기저귀를 채워주고 있어."

"……말도 안 돼."

뚜욱, 아야코의 눈에서 눈물이 떨어졌다.

"왜 이 타이밍에서 진짜로 우는 건데?!"

"……그런, 나카모토 씨의 첫 기저귀는, 그 외국인분한테 빼앗긴 건가요……?"

"미안, 그 끔찍한 단어는 대체 뭔데."

"……남자들은 잘 모를 수도 있겠지만……. 여자한테는, 좋아하는 남성이 기저귀를 채워주는 건 특별한 의미라고요. 왼손 약손가락에 약혼반지를 끼워주는 것과 똑같은 거예요……!"

"그거, 내가 아는 여자랑 다른데."

"제 말이 맞아요."

딱 잘라서 말했다.

"……여자의 첫사랑은, 누구나 자기 아빠예요. 그래서 다들, 자신을 딸처럼 취급해주는 남자를 찾는 거라고요."

"첫사랑 상대가 아빠가 아닌 사람도 있지 않을까?"

"……그런 이상한 병도 있나요? 무서운 세상이 됐네요."

말이 안 통하기도 하고, 차라리 안 통하는 게 좋을 것 같다. 나는 그저 가만히 고개만 끄덕이는 수밖에 없었다.

"……그런데…… 나카모토 씨는 그 돌봄이 필요한 외국인분한테 기저귀만 채워줬을 뿐인 거죠? 사타구니를 깨끗하게 씻어준 뒤에 베이피 파우더를 톡톡 하는 것까지는 안 했죠……?"

"아무래도 거기까지는 안 했지, 진짜 아기가 아니니까."

"……다행이다…… 파우더 동정까지는 안 빼앗겼군요……."

일그러진 조어를 입에 담으며 후우, 하고 안도의 한숨을 쉬는 아야코.

아무래도 파더콤 업계에서는, 아버지의 손으로 사타구니에 베이비파우더를 톡톡 해주는 것이 브랜드 파워가 발생하는 행위인 것 같다.

"잘은 모르겠지만, 나랑 필리아의 돌봄 라이프가 아야코 입장에서는 큰 재해라는 것까지는 이해했어."

"맞아요……. 나카모토 씨는 정말 나쁜 사람이에요. 제 마음을 아주 정확하게 어지럽히잖아요."

그 외국인이라는 사람한테 질투하고 있거든요. 라고 하면서, 아야코가 볼을 빵빵하게 부풀렸다. 이런 말 할 상황이 아니지만, 이 얼굴은 조금 귀엽다.

질투라.

생각해보니까 나, 조금 전에 아야코한테 고백받았었지.

호의 자체는 전부터 알아차리고 있었지만, 대놓고 연애 감정을 말한 건 처음인지도 모르겠다.

"……."

내가 자기 얼굴을 보고 있다는 걸 눈치챘는지, 아야코가 쑥스러워하면서 시선을 피했다.

젠장, 나도 같이 창피해할 상황이 아닌데 말이야.

확실하게 말해야겠다.

마음은 기쁘지만, 넌 아직 미성년자고 무엇보다 정신이 이상하니까, 네 남자가 돼줄 수는 없다고 말이야.

"저기, 아야코."

"저기! 제가! 괜찮으시다면, 돌보는 걸 도와드려도 될까요!"

"뭐?"

"……일을 하면서 다른 사람까지 돌보는 건, 힘들 것 같으니까…… 학교 끝난 뒤에는, 시간도 좀 낼 수 있고……."

"하지만 가게 일도 도와야 하잖아?"

"……엄마한테는…… 사정을 말하면 이해해주실 거예요. ……안…… 될까요?"

쭈뼛쭈뼛 묻는 아야코가 어째선지 아무런 해도 끼치지 않는 문학소녀처럼 보이는 게 정말 신기하다.

"고마운 제안이기는 한데, 왜 갑자기 그런 소리를?"

"……다른 여자를, 만지는 건 싫어요."

"그, 그렇구나."

"그런 짓을 하게 두느니, 제가 대신 돌보고 싶어요…… 그쪽이 마음이 편해요."

"그건 그것대로 힘들 것 같은데."

"제가, 열심히 할 테니까요. 그러니까……."

아야코와 필리아 사이에는 귀찮은 인연도 없고, 아야코네 집에서 호텔까지는 걸어서 몇 분 정도 거리밖에 안 된다.

소녀의 마음을 이용하는 것 같은 기분이 들기는 하지만, 여러

모로 도움이 되는 건 사실이니까.

"알았어. 내일 녹화 끝나면 바로 여기로 올게. 같이 그 녀석 있는 데로 가서, 아야코가 돌봐줄 수 있는지 상태를 보도록 하자."

THE SKILL OF
PATERNITY

연예계에서 내 포지션은, 개그맨과 마술사의 중간 같은 위치다.

이런 인간은 예능 프로그램 외에는 써먹을 데가 없을 거라고 생각했는데, 정말 의외로, 최근에는 조금 딱딱한 프로그램에 불려 나가는 기회가 많아졌다.

왜냐하면 나는 세상에 「17년이나 집에 틀어박혀 있었던 사람」으로 알려져 있기 때문이다.

어떤 의미에서는 창피하지만 도움이 되는 타이틀이라고나 할까, 집에서 나오지 않는 사람의 문제에 대해 이야기하는 프로그램의 게스트가 필요할 때면, 제일 먼저 내 이름이 나왔다.

경험자의 의견은 귀중하기 때문이겠지.

"오늘 모신 게스트는, 17년이나 집에 틀어박혀 있었지만, 지금은 마술사로 활동하고 계신 나카모토 케이스케 씨입니다."

"잘 부탁드리겠습니다. 열심히 집에 틀어박혀 있던 나카모토 케이스케입니다."

그렇게 해서 나는, 오늘도 시사 프로그램에 불려 나와 있다.

할 말은 아무것도 없는데 말이야.

"나카모토 씨. 경험자 입장에서 뭔가 해주실 말씀이 있으신가요?"

"예? 그러니까 말이죠……."

아무리 그래도 이세계에서 용사질을 했다고 말할 수는 없어서,

"근력 운동을 하면 좋을 것 같습니다. 몸을 단련하면 마음도 긍정적이 되니까요."

대충 그렇게 말하고 알통을 보여줬다.

그랬더니 주위에서 작은 웃음소리가 들려왔고, 대단해 보이는 직함을 가진 해설자가 보충 설명을 해줬다.

"분명히 근력 운동은 뇌에 좋은 영향을 줍니다. 남성 호르몬의 일종인 테스토스테론의 분비가 활성화되니까, 성격이 적극적으로 변하겠죠."

너 그거, 신빙성은 있는 말이냐. 나 지금 무지무지 대충 대답했거든?

고개를 갸웃거리는 사이에 녹화가 끝나고, 몇만 엔의 출연료가 발생했다.

진짜 날로 먹는 장사다.

"수고하셨습니다~."

정말 이래도 되는 건가 싶어서 멍하니 있는데, 옆자리에 있던 여성 아나운서가 아양 떠는 목소리로 "팔 좀 만져 봐도 될까요오~"라고 말했다.

"근육 진짜 대단하네요!"

거절할 이유도 없어서 마음대로 하라고 했더니, 스태프들 사이에 잡담이 시작됐다. 시사 프로그램 관계자들이라서 그런지, 최근에 일어난 사건에 대한 이야기들이 많이 오갔다.

역시 제일 주목하고 있는 건 얼마 전에 있었던 독가스 사건이었다.

"──그거, 가스가 아니라는 소문이 있던데."

"──그렇겠지. 혈액 검사 결과가 그랬으니까."

"──난 테러가 아닌가 싶은데……."

아무래도 아직 일반인들한테는 알려지지 않은 정보도 알고 있는 것 같다. 역시나 보도국 사람들이라고 해야 할까. 나는 여성 아나운서와 노닥거리면서, 귀를 기울여서 열심히 들었다.

갑자기 나가노를 덮쳤던 의문의 독가스 사건.

가스로 의심한 이유는, 피해 범위가 너무 넓었기 때문이다.

이번 사건 때문에 수천 명이나 되는 사람이 착란 상태에 빠졌다.

하지만 수십 분 정도 지나서 증상이 가라앉았고, 후유증도 확인되지 않았다.

처음에는 무색무취의 가스에 의한 중독 사건으로 예상했었지만, 현재는 신종 약물을 이용한 테러 사건일 가능성이 제기되고 있다. 범인이 자동차로 이동하면서 정체불명의 약물을 뿌린 건 아닐까, 하는.

피해는 지금도 계속 확대되고 있고, 시급한 해결이 필요하다…….

"이동하는 광기, 인가."

제일 먼저 머릿속에 떠오른 것은 안젤리카한테 빙의했던 레이스였다. 또 영체 타입 몬스터가 출현해서, 사람들에게 빙의하고 다니는 건 아닐까? 라고 생각했다.

하지만 이세계 놈들이 자객을 보냈다고 보기에는, 시기가 너무 이른 것 같았다.

차원을 뛰어넘어서 사람이나 마물을 보내려면 상당한 마력이 필요하다. 그야말로 필리아 수준의 신관이라도 있으면 모를까, 그렇지 않으면 일 년에 몇 번이나 전송 마법을 기동하는 건 불가능할 테니까.

그런데 그 필리아는, 지금 이쪽 세계에서 폐인이 돼 있다.

덕분에 다음 자객을 보내는 건, 훨씬 나중 일이 되겠지.

······어쩌면 필리아 급의 인재가 또 나타났을 수도 있지만······ 우수한 전력이 그렇게 툭툭 튀어나오는 세계라면, 애당초 나 같은 소환 용사한테 의지할 필요도 없었을 테고.

"아, 이런."

시계를 보니 벌써 오후 네 시. 아야코와 약속한 것도 있고 하니까, 탐정 놀이는 이쯤에서 그만하자.

나는 유난히 친한 척하는 여성 아나운서와 연락처를 교환하고는 빠른 걸음으로 스튜디오에서 나왔다.

"······나카모토 씨, 또 여자 냄새가 나요."

"같이 출연한 사람 중에 여성 아나운서가 있었거든."

"······같이 출연했을 뿐인데, 향수 냄새가 이렇게 나나요?"

"옆자리였으니까."

"저 좀 똑바로 보실래요?"

나는 아야코를 데리고 필리아가 묵고 있는 호텔로 가고 있다.

필리아를 돌보는 일을 해야 하기 때문에, 아야코는 사복으로 갈아입었다. 교복이 더러워지면 안 되니까, 당연한 판단이라고 할 수도 있지만……

"……왜 그러세요?"

이 아이한테는, 이게 움직이기 편한 복장인 걸까?

크림색 터틀 리브 니트—— 알기 쉽게 말하자면 하이넥에 몸에 딱 달라붙는 골지 스웨터를 입고 있는데.

『가슴 라인이 엄청나게 강조된다.』

『브래지어 선이 두드러진다.』

『걸을 때마다 출렁출렁 흔들린다.』

상기와 같은 세 박자가 갖춰져서, 똑바로 바라보기 힘든 상황이 완성됐다.

그렇다고 시선을 아래쪽으로 옮기면, 이쪽에도 몸에 딱 달라붙는 진한 남색 청바지가 기다리고 있는, 어디로 가건 방심할 수 없는 상태다.

좀 더 뭐랄까, 헐렁한 옷을 입으면 안 되는 걸까, 아야코 얘.

십대 특유의 탱탱한 힙 라인이 강조돼서 눈 둘 데가 없다고 할까, 그냥 확 대놓고 봐버리고 싶다고나 할까.

"……나카모토 씨는, 뭔가를 숨기질 못하네요."

"무, 무슨 소리야?"

당황해서 고개를 들었더니, 쿡쿡 웃고 있는 아야코와 눈이 마주쳤다.

"어라. 이제 그만 보실 건가요……?"

"뭐?"

"……가슴도 엉덩이도, 얼마든지 봐도 돼요."

"뭐? 어? 으에? 무, 무슨 소리야, 하나도 안 봤거든?"

"……그건 거짓말이에요. 빤히 쳐다보는 시선이 다 느껴진다고요."

"……그러니까."

"나카모토 씨, 항상 제 가슴을 본 다음에 『아차』 하는 얼굴로 눈을 돌렸잖아요. ……다 알고 있었어요, 그런 건."

거짓말이지?

내 고도의 시선 은폐술이, 완전히 간파당했다는 건가?

얘 대체 뭔데. 그런 오한이 이는 것 같은 감촉이 온몸에 덮쳐 왔다.

"……참고로, 안젤리카 양도 알고 있는 것 같아요."

"정말이야?!"

"이 세상 어지간한 여자들은 다 눈치챌 거예요."

"말도 안 돼……?!"

"……남성이 여성을 쳐다보는 것처럼, 여성도 남성을 보고 있어요. 그래서, 알아차리는 거예요……."

특히 상대가 좋아하는 사람이라면. 아야코가 그렇게 추가했다.

"……관심 없는 사람이 자꾸 쳐다보면 기분 나쁘지만…… 나카모토 씨가 보는 건, 괜찮아요."

"그, 그렇구나."

"……괜찮은 정도가 아니라, 기쁠 정도로."

"화난 건 아니지? 그렇지?"

"……오히려, 두근두근해요……."

아야코의 볼이 살짝 핑크색으로 물들어 있다.

【파티 멤버, 오오츠키 아야코의 호감도가 100 상승했습니다.】

보기만 해도 호감도가 상상하더니, 대체 얼마나 쉬운 여자냐고, 너.

이 정도면 의외로 쉽게 풀리지 않을까? 라는 낙관론 쪽으로 기울어가려고 했지만, 호텔에 도착하자마자 비관론의 밑바닥까지 추락해버리고 말았다.

"아빠!"

문을 연 순간, 순진무구한 얼굴로 나한테 매달린 필리아. 최악의 상황인 게, 네글리제도 팬티도 어디다 벗어버린 것 같다.

한마디로 알몸.

전라(全裸).

외국 포르노 사이트에서나 볼 수 있는 고저스한 보디와의 제로 거리 접촉.

게다가 그런 사이트를 열람할 때는 등 뒤에 부인이나 여자 친구가 있는지 확인해야 하는데.

"……정말 아름다운 분이네요."

【파티 멤버, 오오츠키 아야코의 독점욕이 5000 상승했습니다.】

아야코의 관자놀이에 빠직, 빠직 혈관이 튀어나오거나 말거나, 필리아는 활짝 웃으면서 말했따.

"혼자서 쉬야 했어!"

"그, 그렇구나, 장하네. 하지만 다음부터는 옷을 벗지 말고 쉬할 수 있게 해보자."

"저 언니, 누구야?"

필리아는 내 어깨너머로 아야코를 봤다.

"저 사람은 내 친구야. 오늘부터 내가 없을 때 필리아를 돌봐준다고 하니까, 사이좋게 지내야 한다."

"아빠 친구?"

잘 부탁드립니다, 라고 말하며, 아야코가 고개를 숙였다.

필리아도 따라서 고개를 숙였는데…… 어라?

이 녀석, 이렇게 된 뒤로는 인사하는 습관도 이해하지 못하게 됐을 텐데 말이야. TV에서 어린이 프로그램을 보면서 다시 배운 건가?

잠깐 찾아왔던 위화감은, 태풍과도 같은 수라장 때문에 묻혀버리고 말았다.

"아빠, 또 다리 사이 박박 하는 거 해줘."

응석 부리는 목소리로 말하면서, 내 허리에 사타구니를 문질러대는 필리아.

"……또?"

나카모토 씨가 평소에 어떻게 돌봐주고 있는지, 저 너무 궁금해요. 빛이 사라진 눈으로 노려보면서 그렇게 말하는 아야코.

계속 내려가기만 하는 체감 온도를 견디지 못하고, 나는 급하게 두 사람을 방 안으로 밀어 넣었다.

"아빠, 아빠, 아, 빠……. 으응!"

"……이 말도 안 되는 변태 같은 여자랑, 정말로 업무상 동료였다는 건가요?"

온도가 영하로 떨어져 버린 눈빛으로 날 보는 아야코에게, 필사적으로 변명을 시도했다.

"유아퇴행을 하기는 했어도, 원래 제 나이만큼의 성욕은 있으니까, 그러니까…… 나한테 연애 감정이 있는 게 아니라, 남자라면 아무나 좋은 거라고 생각해."

"아빠, 쪼아! 제일 쪼아! 으응…… 냠…… 냠냠냠……."

"지금은 엄청 쪽쪽 해대고 있는데, 이것도 딴생각이 있는 건 아니야. 그리고 나한테 이상한 생각은 하나도 없고. 이해했어?"

"이해할 리가 없잖아요."

아야코가 딱 잘라서 말했다.

"……일단 옷부터 입혀주도록 하죠."

"그, 그래."

소매를 걷어붙이기 시작한 아야코에게 살짝 강화부여(버프)를 걸어줬다. 본인은 모르겠지만, 이걸로 당분간은 초인이다. 아마 필리아하고도 대등하게 싸울 수 있…… 게 됐으면 좋겠지만, 역시 기초적인 능력치 차이는 어쩔 수 없는 건가.

아야코는 눈살을 찌푸리고서, 버둥대는 필리아를 필사적으로 붙잡고 있다.

"……이 사람…… 필리아 씨라고 했던가요? 힘이 대단하네요……."

"못 할 것 같으면 내가 할게."

"아, 안 돼요! 나카모토 씨는 앉아 계세요!"

나랑 필리아가 접촉하는 게 그렇게 싫은 것 같다.

여자 마음이라는 것 같은데, 뭐 어쩔 수 없지.

나는 시키는 대로 침대에 걸터앉아서 TV를 봤다.

저녁 뉴스가 나오기엔 아직 이른 시간인데, 아나운서가 가스 누출 사고 속보를 전하고 있다. 임시 뉴스인가?

"이쪽으로 오고 있네."

원인 불명의 착란 한상은 하루 동안 야마나시현을 잔뜩 휘저어놓고, 마침내 도쿄 쪽으로 다가오고 있는 것 같다.

묘한 사건이다.

이렇게 난리가 났는데, 대체 어떤 「착란」인지가 전혀 보도되지 않는다. 그냥 언동만 이상해진 건지, 폭력 행위까지 벌어지고 있는 건지.

그런 부분이 신경 쓰이는 사람은 상당히 많을 텐데.

혹시 보도 규제가 필요할 정도로 심하게 미쳐버린 건가?

이런 때는 미디어보다 인터넷 쪽이 도움이 될 것 같아서, 트위터로 목격자들의 의견을 찾아봤다.

『가스 누출 장난 아니지 않냐?』
『동영상 바로 삭제됐던데.』
『발발 기는 축제 ㅋㅋㅋㅋㅋ』

발발 기는 축제?

축제가 벌어진 것처럼 난리가 났네, 라고 냉소하는 건가?

이런 때에 대책 없는 트윗이나 올리고 말이야, 라는 생각을 하고 있는데,

"……가만히 계세요! 알았죠? 저를 엄마라고 생각하고, 얌전히 말을 들어주면 안 될까요……?"

"엄마? 필리아, 엄마 찌찌 좋아."

"……꺅?! 잠깐, 어딜 빠는…… 정말! 그쪽이 그렇게 나온다면……!"

"히아앙?! 아, 아아아…… 아아아앙~ 아으아아아아아아아아!"

"……후후. 처음부터, 이렇게 했으면, 되는, 거였어요!"

"앙, 아으, 아으아으아으아으아으아으!"

뭔가 엄청난 교성이 들리는데, 여자 둘이서 대체 뭘 하는 거야?

무섭다는 생각이 들어서 고개를 들어보니, 아야코가 악독한

여자 같은 미소를 지으면서 손끝을 핥아대고 있었다.

그리고 필리아는 완전히 힘이 빠져서, 아야코가 옷을 입히는데도 그냥 가만히 있었다.

결과가 좋으면 다 좋다고 해야 하나.

뭐, 그 대신에 아야코의 옷이 흐트러져 있기는 했지만. 무슨일이 있었는지는 생각하고 싶지도 않지만, 바닥에 브래지어가 떨어져 있었다.

나는 선명하게 두드러진 가슴의 돌기 부분을 못 본 걸로 해두고, 아야코한테 수고했다는 말을 했다.

"고마워, 오늘은 그만 가도 괜찮아. 많이 피곤하지?"

"……."

아야코는 어깨까지 들썩거리면서 숨을 쉬며, 브래지어를 집어들었다.

"매일 이러면 몸이 버티질 못할 테니까, 역시 아야코는 안 하는 게 좋을 것 같은데."

"아뇨. 할게요. 하게 해주세요."

굳은 의지를 보여주고 있다.

설마 이렇게까지 나와 필리아의 스킨십을 싫어할 줄이야.

질투…… 아니, 이건 사랑 때문인가.

"그렇다면 주3일 정도 부탁하면 될까? 나머지 나흘은 내가 하는 걸로 하고."

"……주7일이라도 괜찮거든요."

"안 돼. 아무리 그래도 이건 양보할 수 없어."

"그렇게 필리아 씨랑 놀아나고 싶은 건가요?"

"그게 아니라. 여자들 둘이서 매일같이 수유 이벤트를 벌이는 건 좀 그렇다고나 할까~."

아야코는 얼굴이 새빨개져서 손으로 가슴을 가렸다.

"네가 날 걱정해주는 것처럼, 나도 네가 걱정돼. 매일매일 계속 필리아를 돌보다 보면, 틀림없이 몸에 무리가 생길 거야. 그러다 보면 집중력도 떨어지게 돼서, 어떤 사고가 일어날지 모르니까."

"……전 괜찮아요."

"그럼 이런 건 어떨까? 만약에 아야코가 너무 피곤해서 쓰러졌다고 생각하면, 내가 미쳐버릴 것 같아. 너한테 무슨 일이 일어나면, 난 살아갈 수가 없다고."

"……어, 그건……."

미성년자 소녀를 혹사하는 일은 있어서는 안 되는 일이다. 그런 못된 짓을 저지르면, 난 너무 미안해서 죽어버리겠지.

"주3일이라면 어떻게든 버틸 수 있을 거야. 하지만 주7일은 무리고. 내 마음이 편하질 않아."

"어째서…… 인가요. 왜 그런 말을 하시는 거죠."

아야코는 눈이 휘둥그레져서, 뭔가를 기대하는 시선을 보내오고 있다.

이 얼굴은…… 흐음.

아마도── 내 마음이 달라져서, 주7일로 돌보는 걸 허락해주지 않을까? 라는 얼굴이겠지.

정말 고집이 센 아이다.

이러다간 끝이 없을 것 같아서, 진심이 어느 정도 들어간 설득으로 전환해봤다.

"내가 말이야, 아야코를 보려고 오오츠키 고서점에 드나들기 시작했거든."

"······그랬으면 좋겠다······ 라고 생각했었어요. ······다행이다······ 자의식 과잉이, 아니었군요······."

"이쪽으로 돌아온 지 얼마 안 돼서, 제일 자포자기했던 시기에, 그 서점을 발견했거든. 원하는 책들도 잔뜩 있었고, 점원은 미소녀잖아. 내가 그 서점과 너한테, 얼마나 큰 도움을 받았는지는 알아?"

"······미소, 녀."

"나한테 아야코는 힐링이 되는 존재였어. 그런 아야코가 나 때문에 상처 입는 일이 생기면, 난 다시 일어날 수 없다고."

"······."

아야코는 입가에 두 손을 대고, 안절부절못하며 허리를 들썩이고 있다.

그 움직임은 뭔데?

지금 당장 일어나서 필리아를 돌보고 싶다는 건가? 아직도 설득이 부족한 건가?

그래, 좋다.

그렇다면 좀 더 격렬하게 성의를 전해줘야겠지.

"특별한 존재야, 아야코는."

겉모습은 최고인데 알맹이가 엽기적인 변태는, 또 없으니까. 미인 사이코패스라는 유일무이한 카테고리에서 찬란하게 빛나고 있는 존재라고.

"그래서 나는, 네가 정말로 걱정돼서……."

"이제, 됐어요."

"응?"

"……이젠, 괜찮아요. 나카모토 씨 마음은, 확실히 전해졌으니까."

"그럼!"

"……예. 도와드리는 건, 주3회로 할게요."

안도의 한숨을 내쉬고, 아야코는 촉촉하게 젖은 눈으로 미소를 지었다.

"……저도…… 저도, 나카모토 씨가 너무너무 좋아요."

【파티 멤버, 오오츠키 아야코의 호감도가 9999 상승했습니다.】

【파티 멤버 오오츠키 아야코의 나카모토 케이스케에 대한 감정이 「집착, 수집욕」에서 「연모, 수집욕」으로 변화했습니다.】

【오오츠키 아야코의 호감도가 성적 행위 및 혼인이 가능한 수준에 도달했습니다.】

【오오츠키 아야코를 배우자로 지명하겠습니까?】

……이봐, 시스템 메시지 양반. 아니, 엘자 양반.

너, 정말로 이 아이를 내 후처로 삼아도 괜찮겠어?

일단 수집욕이라는 게 뭔지 모르겠거든.

나카모토 콜렉션?

누가 플레이하는 건데, 그 호러 게임?

"……앞으로 열심히, 필리아 씨를 돌보도록 해요. 둘이, 힘을 합쳐서……."

이렇게 해서, 나와 아야코의 기묘한 공동 작업이 막을 열었다.

일이 끝나면 바로 오오츠키 고서점에 들러서 마법으로 아야코의 신체 능력을 강화하고 호텔 열쇠를 준다.

여고생을 공짜로 부려먹는 건 조금 마음에 걸리지만, 밥을 사주거나 도서 상품권, 영화 상품권을 선물하기도 했다.

처음에 아야코는 「이런 건 받을 수 없어요」라고 거절했지만, 「내가 주고 싶어서 그래」라고 강하게 주장했더니 납득해준 것 같았다.

"……그렇군요. 저와 나카모토 씨는, 사귀는 거니까요. 연인이라면, 이 정도는 보통이겠죠."

뭔가 불온한 대사를 읊었지만, 그건 현대 JK 특유의 농담이겠지.

그런 식으로, 첫 일주일 동안은 아무 일도 없이 지나갔다.

마침 집단 착란 사건도 진정돼서, 아주 평화로운 날들이었다고 생각한다.

변화가 발생한 것은 8일째에 들어섰을 때였다.

"응?"

그것은 내가 필리아를 침대에 눕히고 기저귀를 갈아입힐 때 발생했다.

더러워진 일회용 기저귀를 벗고, 소중한 부분을 물티슈로 닦아줬다. 평소 같았으면 필리아가 멍~한 얼굴로 가만히 있었을 상황인데——

그런데 어째선지, 필리아는 내 오른팔을 붙잡고 저항하는 행동을 보여줬다.

"왜 그래?"

필리아의 얼굴이 새빨갛게 물들었고, 눈에는 눈물까지 글썽이고 있다. 부끄러워하는 것 같기도 한데, 설마.

이 녀석한테 서 수치심 따위는 한 방울도 남지 않고 증발해버렸을 테니까.

이건 그냥 떼쓰는 거겠지.

"조금 전에 쉬 했잖아? 깨끗하게 닦아줘야지. 자, 이 손 치우고."

"아으으……"

필리아가 고개를 도리도리했다.

"깨끗하게 닦아주지 않으면 병 걸린단 말이야. 아빠도 필리아를 위해서 하는 거니까."

왼손으로 머리를 쓰다듬으면서 조용히 타일렀다.

그랬더니 필리아는 체념한 것처럼 내 팔을 놔줬고, 조용히 눈을 감았다.

그래, 그러면 되는 거야. 억지로 손을 치우게 할 수도 있었지만, 내 완력으로 날뛰면 또 호텔 비품이 부서질 테니까.

나는 "그래, 착하지"라고 속삭이고, 축축한 국부를 물티슈로 톡톡 두드렸다.

"……!"

그랬더니 필리아의 허리가 스프링 장치라도 된 것처럼 펄쩍 뛰었고,

【파티 멤버, 신관장 필리아의 호감도가 500 상승했습니다.】

그런 메시지 창이 표시됐다.

뭐야, 너 좋아하는 거냐.

"오늘은 유난히 민감하네."

"하으으……."

필리아의 눈꺼풀이 움찔움찔 떨리고, 눈꼬리에서는 투명한 물방울이 떨어졌다.

뭐가 어떻게 됐건, 저항하지 않으면 그걸로 고마운 일이니까.

나는 상냥하고 꼼꼼하게, 조심스러운 손놀림으로 사타구니 청소를 계속했다. 소변을 잔뜩 싼 탓인지 항문 부근까지 흠뻑 젖어 있어서, 그쪽도 잊지 않고 꼼꼼하게 닦아줬다.

"헉, 헉, 허억……."

뭐지. 필리아의 숨결이 유난히 거칠다. 게다가 소변이 아닌 액체가 흘러나오기 시작했고.

더 이상은 위험하다고 판단해서, 바로 작업을 중단했다.

"너 왜 그러니? 아야코가 이상한 약이라도 먹였어?"

실례되는 의혹을 던졌더니, 갑자기 필리아가 벌떡 일어나서는 내 품으로 달려들었다.

"아, 아빠!"

"왜 그래?"

"좋아해!"

"……그래, 나도 필리아가 좋아."

"에헤헤."

필리아는 내 가슴에 얼굴을 비비면서, 만족스런 미소를 지었다.

겨우 평소 모습으로 돌아왔네.

아까 그 기묘한 행동은…… 생리 전이라든지 해서, 멘탈에 영향이 드러난 건지도 모른다. 이상할 정도로 예민해져 있기도 했고 말이야.

그대로 한참동안, 우리는 말 없이 꼭 안고 있었다.

평온한 시간이었다.

마치 처음 만났던 때처럼.

평범한 동료라도 되는 것처럼.

그것은 나한테도 아주 편안한 것이었지만── 언제까지고 이렇게 있을 수는 없다.

나는 필리아를 똑바로 눕히고는, 새 기저귀를 채워줬다.

어째선지 불편해하는 것 같았지만, 신경 쓰지 말자.

그리고는 저녁밥을 주고, 충분히 식후 휴식을 취하게 한 뒤에 이를 닦아줬다. 당연히 무릎 위에 머리를 얹어놓고 치카치카 해줬다. 육아 스타일의 이 닦기다.

완전히 멍한 얼굴을 하고 있는 필리아의 머리카락을 빗겨주고, "잘자"라고 말했다.

"난 이만 갈게. 또 보자."

"가, 가지 마! 목욕! 필리아 목욕할래!"

"⋯⋯어제 아야코랑 목욕했잖아?"

목욕은 전부 아야코가 하겠다고 했었다.

"땀 많이 났어! 지지야! 아야해!"

"내일 아야코가 와서 씻어줄 거야. 그때까지 참을 수 있지?"

"시저~! 아빠가 좋아! 아빠, 아빠, 아빠, 아빠! 아빠랑 목욕!"

필리아는 침대 위에서 팔다리를 버둥거리는, 아주 귀찮은 떼쟁이 아이가 돼버렸다. 말하는 건 어린아이 그 자체지만, 목소리는 어른스럽고 섹시한.

너무나 불쌍한 갭이다.

"그래, 알았어! 같이 해줄 테니까, 그 대신 얌전히 해야 한다! 알았지?"

"응!"

정말이지. 애들 고집은 당해낼 수가 없다니까.

나는 한숨을 쉬면서 필리아를 일으키고, 공주님처럼 안아서 욕실로 데려갔다.

입구 앞에서 내려주고, 눈높이를 맞추고서 물어봤다.

"옷은 혼자서 벗을 수 있지?"

"응."

지금 막 입혀준 기저귀를 벗기는 작업은 내가 해줘야 하지만.

진짜 귀찮네, 라고 투덜거리면서 옷을 벗었더니, 갑자기 필리아가 조용해졌다.

뭐야 이 녀석?

이상하게 내 하반신을 응시하고 있고, 볼이 발그레해진 것 같은데.

"여기가 신경 쓰여?"

"……."

필리아는 두 손으로 눈을 가리고 있지만, 손가락 틈새로 내 사타구니를 흘끗흘끗 엿보고 있다.

그야말로 소녀 같은 반응이었다.

남성 경험이 없는 여신관께는 자극이 너무 센지도 모르겠다.

"……아빠."

"왜?"

"그거, 만져도 돼?"

필리아가 말하는 「그거」란, 내 망나니 육방망이를 말하는 것이다. 알맹이는 어린애인 주제에, 왜 이렇게 발칙한 반응을 보이는 걸까.

"안 돼."

"우~."

"안 된다면 안 되는 거야!"

사타구니에 이상할 정도로 관심을 보이는 필리아를 잡아끌고 욕실로 들어갔다.

참고로, 엄청나게 좁다.

그래봤자 비즈니스호텔의 유닛 배스. 어른 둘이 들어가면 어쩔 수 없이 밀착 상태가 돼버린다. 아마도 아야코가 필리아를 씻겨줄 때는 아름다운 광경이 펼쳐졌겠지.

……왠지 이상한 상상을 하게 되네.

"아빠 여기, 커졌다."

"보면 안 돼요."

나는 필리아한테 한마디 하고, 수도꼭지를 돌려서 물 온도를 조절했다. 온도를 잘 조절하면서, 조금씩 물을 세게 틀었다.

샤워기는 머리 위에 있는 고리에 걸어놨기 때문에, 물은 우리 둘 위로 비처럼 쏟아지고 있다.

"……음……."

자기 키만큼이나 긴 필리아의 은발이 물에 젖어서 몸에 딱 달라붙었고, 요염하게 반짝반짝 빛나고 있다.

성녀의 샤워―― 나도 모르게 그런 시추에이션을 연상했지만, 성녀라고 하기에는 너무 요염한 것 같다고, 그 성숙한 몸을 보면서 그런 생각을 했다.

필리아의 가슴은 E컵인 아야코(얼마 전에 브래지어 택이 보였다)보다 더 크다. 거유를 넘은, 폭유라고 해도 되겠지.

게다가 연금술로 노화를 멈춘 덕분에 전혀 처지지 않았다는 게 정말 무섭다.

감상용으로서는 아주 훌륭하지만, 씻어주려면 조금 번거로운 체형이다.

필리아의 유방에는, 물이 위쪽 절반에만 묻어 있다. 로켓 모양의 유방이 지붕 같은 역할을 하는 탓에, 아래쪽은 젖지 않은 것이다. 따라서 유방 아래쪽과 배 쪽에 물을 뿌려주려면, 샤워기를 손에 들고 직접 뿌려주거나 가슴을 들어 올려야만 한다.

"뜨겁지 않아?"

"……기분 좋아."

"그럼 다행이고."

기분 탓인지 날 바라보는 필리아의 얼굴이 열이라도 오른 것처럼 빨갛다. 마치 지금부터 시작될 행위를 기대하고 있는 것처럼.

뭐, 기분 탓이겠지만.

나는 손바닥에 보디 소프를 묻혀서 거품을 내고는,

"뒤로 돌아."

라고 말했다.

필리아는 시키는 대로 얌전히 빙글, 하고 등을 돌렸다.

그리고는 얼굴만 이쪽을 보면서 뭔가를 바라는 것 같은 시선을 보내왔다.

그래, 알고 있어.

나는 필리아를 뒤에서 끌어안은 것 같은 자세로, 겨드랑이 밑으로 손을 넣어서 가슴을 씻어주기 시작했다.

"으응!"

손을 부비부비 움직여서 유방 전체에 거품을 발라줬다. 천천히, 시간을 들여서, 꼼꼼하게.

"아응, 거기……."

출렁, 하고 가슴을 들어 올리고, 땀이 배 있는 가슴 아래쪽을 손바닥으로 문질렀다.

가슴골 계곡 사이에도 손을 집어넣고, 위아래로 움직이면서 씻어준다.

자, 이걸로 전부 깨끗해졌을 텐데.

"이런. 중요한 부분을 깜박했네."

빳빳하게 서 있는, 분홍색 돌기 부분을 봤다. 하마터면 여기를 그냥 넘어갈 뻔했네.

상대가 만 18세 미만이라면 넘어가고 싶은 부분이지만, 필리아는 성인 여성. 법적으로 아무런 문제가 없다.

나는 필리아의 유두를 손끝으로 잡고는, 부성적인 손놀림으로 거품을 입혀나갔다. 꼭지를 만져대는 시점에서 부친 실격일지도 모르지만, 씻겨주지도 않는 것도 학대이자 부친 실격이니까.

이런 상황에서는 세심하게 신경 써서,

『꼼꼼하게 씻어주기는 하지만 쾌감은 느껴지지 않도록 한다』

가 정답이겠지.

팔에서 힘을 빼고, 손가락 바닥을 써서 돌기 부분을 누른다. 꾹꾹 누르는 움직임에 성적인 뉘앙스는 전혀 담기지 않았다. 오로지 땀과 때를 씻어내는 것뿐인, 부모 마음의 표현인데…….

【파티 멤버, 신관장 필리아의 호감도가 1000 상승했습니다.】

【필리아의 성적 흥분이 70%에 도달했습니다.】

【상호 합의하에 성적 행위가 가능한 수치입니다. 실행하시겠습니까?】

【실행한 경우 일정 확률로 자식을 만들 수 있습니다.】

【태어난 아이는 양친의 스테이터스 경향과 일부 스킬을 이어받으며 장비, 아이템 공유도 가능합니다.】

【또한 자식에게 클래스 양도도 가능합니다.】

나는 글러 먹은 아버지였다.

평소에도 힘 조절이 제대로 안 되는 주제에 꼭지를 다루는 거라면 어떻게든 되겠지, 라고 건방지게 생각한 게 문제였다.

아무래도 나름대로 힘을 뺀 게 딱 적당한 수준으로 작용해버렸는지, 필리아는 허리를 부들부들 떨고 있다. 이제는 서 있기도 힘들어 보이는 게, 내가 붙잡아주지 않으면 당장이라도 주저앉아버리겠지.

"미안, 완전히 내 과실이야."

"아…… 빠아……."

필리아는 내 목에 팔을 감고서 쪼옥, 쪼옥, 입술을 빨아댔다.

은발 미녀의 타액은 정말 매끄럽고, 29세라는 육체 연령에 걸맞게 성숙한 누님의 맛이 났다. 딱 좋은 나이인 서른 직전 여성 회사원의 맛이었다.

니들 그냥 평범한 커플이잖아, 라는 말을 들어도 할 말이 없는 꼴이지만, 필리아가 얌전히 있어 주기만 하면 되니까 그냥 넘어가도록 하자.

기회라는 것처럼 손을 움직여서, 온몸에 꼼꼼하게 거품을 발라나갔다.

"……그, 그런 데까지…… 아앙, 세상에…….''

은색 음모로 거품을 내고, 엉덩이 밑으로 집어넣은 팔을 쑤욱, 쑤욱 앞뒤로 움직였다. 허리에서 등을 타고 쓰윽…… 하고 쓰다듬으며 위로 올라가서, 뒷목과 겨드랑이에 보디 소프를 발라나갔다.

"아으…… 뭐, 뭐가, 뭐가 와…….''

마무리로, 배꼽 속으로 손가락을 집어넣어서 때를 씻어내고 있는데, 필리아가 움찔움찔 경련하면서 외쳤다.

"아으응~! **용사 공!**"

"──뭐?"

필리아는 세차게 실금을 했나 싶더니, 그대로 꼼짝도 안 하게 돼버렸다.

……그것 자체에는 놀라지 않았다.

씻는 중에 실신하는 건 종종 있는 일이다. 어쩌면 내가 씻겨주는 방법에 문제가 있는 건지도 모르겠지만, 클레임은 받아들이지 않겠다.

그보다 지금은 필리아가 입에 담은 「용사 공」이라는 말 쪽이 훨씬 중요하다.

"설마 너…….''

정신이 돌아온── 건가?

……그러고 보니까 오늘은 묘하게 여자답게 행동하는 일이 많았던 것 같은 기분이 든다.

안 좋은 예감이 들어서 바로 스테이터스를 감정했다.

하지만 정작 중요한 비고란에는,

『이세계의 여신관. 나카모토 케이스케가 기저귀를 갈아주는 것에 대해 기쁨을 느끼고 있다.』

라고만 적혀 있었다.

이것만 가지고는 판단할 수 없고, 무엇보다 이 꼴을 해놓고서 제정신을 차리게 되면 완전히 질려버리겠지.

심각한 악역이었던 사람이 연하 남자가 기저귀를 채워주는 행위에서 행복감을 얻고 있다니, 이건 좀 견디기 힘들다.

"······그럴 리가 없겠지."

필리아는 여전히 지성이라고는 느껴지지 않는 얼굴로 고개를 갸웃거리고 있다. 만약에 이 동작이 연기라면, 이 녀석은 대단한 연기자다.

그렇겠지.

아무리 그래도, 그 필리아가 말이야.

이 녀석은 이세계에서도 손꼽히는 강경파라서, 적국의 병사들은 전부 죽여 버리세요, 같은 소리를 지껄여대던 여걸이거든?

내가 마왕을 토벌한 뒤에도 엄청나게 무거운 이야기를 하다가 눈물을 흘렸던 여자거든?

그런 인간이 하필이면, 기저귀 채워주는 데서 쾌락을 느끼면서 미친 척을 하고 있다니······ 말도 안 되는 일이잖아.

의문을 느끼면서도, 나는 기절한 필리아의 몸을 계속 씻어줬다.

◇　◇　◇

　그날 밤. 길가에 있는 전광판을 보던 사람이 갑자기 이상한 짓을 저지르는 사건이 도쿄에 있는 네 곳에서 발생했다.

　진정되고 있던 착란 현상이 부활의 신호를 보낸 것이다.

　마치 필리아의 변화와 연동한 것만 같은 타이밍이었다.

THE SKILL OF
PATERNITY

이세계에 소환된 지도 오늘로 두 달이 지나가는데,

"……외롭다."

나는 아직까지도 동료를 구하지 못했다.

원인은 알고 있다.

내 얼굴 때문이다.

이쪽 세계에 동양인은 나밖에 없기 때문에, 처음 본 사람들은 나를 아인 같은 것으로 착각해버린다.

뭐랄까, 다크 엘프와 닮았다는 것 같다

덕분에 아무리 모집을 해도 동료를 구하지 못했고, 결국 눈물을 흘려가며 혼자서 여행을 계속하고 있다.

……어쩌면 왕도 주변에서만 인종 차별이 특히 심할 가능성도 있으니까, 다른 곳에 가보면 또 달라질지도 모르겠다.

그런 이유로 나는, 왕도를 떠나서 남쪽으로 몇 킬로미터 떨어진 곳에 있는 항구도시로 향하고 있었다.

이곳은 외국이나 아인과의 무역도 활성화됐다는 것 같으니까, 외국인한테도 익숙할 거라고 생각하고 싶은데…….

"저기요, 모험자 길드가 어디 있나요."

"……."

바로 지나가던 수도녀 분께 말을 걸어봤지만, 돌아온 것은 말이 아니라 차가운 침묵뿐이었다.

아, 예, 크게 기대하지도 않았어요. 미인이라고 비싸게 굴기는.

나는 다리가 퉁퉁 붓도록 걸어 다닌 끝에, 간신히 내 힘으로 모험자 길드를 찾아내는데 성공했다.

"어서오세…… 다크 엘프?!"

"아, 아니에요, 이래 보여도 인간이거든. 귀가 뾰족하지도 않잖아?"

"……클래스는?"

"소환 용사. 봐, 이게 증거."

나는 오른손을 들어서, 손바닥에서 빛의 검을 생성해서 보여줬다.

신성검 스킬은 용사의 증거.

보여주면 귀찮은 일들을 한 방에 처리할 수 있는 고마운 기능이다.

"이, 이거 엄청난 실례를 했습니다. 설마 당대 용사님이 아인이라고는……."

"그러니까 아인이 아닌데…… 아냐, 됐고."

긴장된 얼굴의 접수 아가씨에게 은화를 네 닢 제출하고, 파티 멤버를 모집하는 중이라고 말했다.

"이 금액으로 모을 수 있는 인재는 어느 정도 수준이지?"

"……그러니까요."

그렇게 해서 시작되는, 뻔한 설명.

"남성 모험자를 고용하려면 금화 한 닢이 필요하지만, 여성이면 은화 한 닢부터 시작합니다."

접수 아가씨, 자기 입으로 말하면서도 빡, 하고 화가 나지는 않을까.

중세 스타일의 세계다 보니 어쩔 수 없는 일이기는 하지만, 남녀의 임금 차이가 엄청나게 난다.

"그럼 은화 네 닢 안에서 고용할 수 있는 사람을 소개해줄 수 있을까. 가능하다면 힐러가 좋은데."

"그러시다면, 딱 한 사람 조건에 맞는 분이 등록돼 있습니다."

"정말로?"

"만나서 이야기를 해볼 수 있도록, 저희 쪽에서 알아보겠습니다. 점심시간 종이 울리면 다시 와주세요."

점심시간 종. 시계가 보급되지 않은 이 세계에서는 시간 감각이 느슨하다.

나는 잠시 시내를 어슬렁거렸고, 지나가는 사람들이 기분 나빠하는 일을 한바탕 당한 뒤에 모험자 길드로 돌아왔다.

그랬더니 접수 카운터 앞에, 새하얀 법의를 입은 여성이 서 있었다.

"어."

"아."

눈이 마주친 순간, 서로 그런 소리를 냈다.

틀림없다. 이 사람, 아까 길을 물어봤는데도 대답하지 않았던 그 수도녀다.

"아는 사이신가요? 이쪽이 저희 길드에 소속된 신관 필리아 씨 되시겠습니다."

영업용 미소를 지은 접수 아가씨가 여성의 이름을 말해줬다.

"난 나카모토 케이스케. 잘 부탁해."

살짝 고개를 숙이자, 필리아 씨가 곤혹스럽다는 것처럼 눈살을 찌푸렸다.

이런, 이쪽 세계에는 고개 숙여 인사하는 습관이 없었지.

나는 수습하려는 것처럼 오른손을 내밀어서 악수를 청했다.

하지만 필리아 씨는 겁먹은 얼굴로 뒷걸음질을 쳤고, 슬금슬금 나한테서 떨어져 갔다.

……이건 글렀나 보네.

"아~ 싫다면 다른 사람을 알아볼게."

필리아 씨는 접수 아가씨 옆으로 뛰어가서 뭐라고 소곤소곤 귀엣말을 했다.

진짜 기분 나쁘네, 이 자식.

아무리 나라도 화낼 거다, 라고 생각하고 있는데, 접수 아가씨가 의외라는 얼굴로 말했다.

"저기, 필리아 씨가 꼭 파티에 가입하고 싶다고, 그렇게 말씀하셨습니다."

"……뭐?"

"앞으로 잘 부탁드립니다, 라는 것 같네요."

필리아 씨는 말없이 고개를 끄덕였다.

이게 대체 무슨 일이지?

어쨌거나 나는 파티 멤버를 얻게 된 것 같다.

나와 필리아 씨는 바로 항구도시를 떠나서 왕도를 향해 이동하기 시작했다.

"내가 이렇게 보여도 용사거든. 접수하는 사람한테 애기 들었 겠지만."

필리아 씨는 나와 눈을 마주치려고 하지도 않았다.

"……대단하시네요. 아직 젊은데."

"필리아 씨도 젊잖아? 나랑 크게 차이도 안 나는 것 같은데."

"저, 스물여덟이에요."

의외였다.

평균 수명이 짧은 이쪽 세계에서는, 더 이상 젊은이로 취급해 주지도 않는 나이다. 하지만 필리아 씨의 외모에 아줌마 같은 구석은 하나도 없는데 말이야. 한눈에 봐도 아름다운 백인 여성 같은 느낌이고, 누가 봐도「누나」다.

게다가 회복 마법 전문가니까, 여러 파티에서 가입해달라는 제안이 들어왔어도 이상하지 않을 텐데…… 왜 그런 데서 썩고 있었던 거지?

"용사 공, 지금 미리 말씀드리겠습니다만——."

"뭔데?"

"최대한 제게 말을 걸지 말아주세요."

"……그러셔."

돈은 필요하지만 정체도 모를 꼬맹이 따위랑 말하는 건 싫다 는, 그런 걸까. 그렇다면 나도 상관없다. 비즈니스적인 관계는 아주 환영하니까.

그렇게 삐딱한 아우라를 내뿜고 있었더니, 필리아 씨가 미안하다는 것처럼 말했다.

"용사 공이 싫다, 는 건 아닙니다. 그게…… 제가, 남성을 어려워해서."

남성 공포증, 이라고 하는 그런 걸까.

변두리 모험자 길드에서 썩고 있었던 건, 그것 때문인지도 모른다.

"……수도원에서 자란 몸이다 보니까요. 주위에는, 여자밖에 없었고. 남성은, 나이 많은 신부님 밖에 없었어요. 젊은 남성에게, 어떻게 대해야 좋을지를 몰라서."

"그렇다면 왜 내 모집에 응한 건데? 여성 한정 파티도 있을 텐데."

"저 자신을 바꾸고 싶었어요."

그렇구나. 향상심은 있다는 뜻이네.

"그렇다면, 최대한 나랑 말을 하는 게 좋을 것 같은데……."

"무, 무리예요."

"내가 무서워?"

발을 멈추고, 물어봤다.

필리아 씨의 대답은,

"부끄러워요……!"

였고.

"흐응."

부끄럽단, 말이지. 그렇다면 나를 아인 같은 게 아니라, 인간 이성으로 인식하고 있다는 듯인가.

"남자네 어쩌네 하기 전에, 인종부터 신경 써야 하는 게 아닌가?"

"예?"

"내 얼굴, 다른 사람들이랑 다르잖아? 다른 사람들보다 피부색도 진하고, 얼굴도 평평하고, 수염도 거의 없고 말이야. 이거, 이쪽 세계에서는 큰 문제잖아?"

"……."

필리아 씨는 눈을 돌리면서 대답했다.

"소환 용사는, 세상을 구할 영웅입니다. 외모로 판단하는 건 실례라고 생각합니다."

"우등생 같은 의견이네. 그런 게 아니라, 내가 물어보고 싶은 건 필리아 씨 개인적으로 날 어떻게 생각하는지에 대한 건데 말이야."

"……예?"

만약에 내 외모가 생리적으로 받아들일 수 없는 수준이라면, 그냥 파티를 해산해도 된다.

그렇게 생각하고 제안했는데, 어째선지 필리아 씨의 얼굴이 빨개졌다.

"……저기…… 그게…… 저 개인적으로…… 용사 공은, 아름다운 얼굴이라고 생각합니다."

"아름다워? 내가?"

"수, 수염이 적고. 피부가 매끈해서. 여자아이 같아요. ……남자들은 털북숭이에, 냄새가 나는, 곰 같은 이미지가 있었는데,

용사 공은 나이에 비해 체모가 적고, 냄새도 전혀 안 나요. 소환 용사는 전부 이런가요?"

"뭐, 내가 살던 나라의 남자들은 전부 그런 경향이 있으니까. 중성적이라고 할까…… 그래서 외국인들한테는 별로 인기가 없지만."

"인기가 없어도 괜찮아요! 남녀 교제 같은 건 불결합니다."

그렇게 해서, 나와 필리아 씨 둘만의 여행이 시작됐다.

나이 차이 때문인지, 아니면 성격상의 문제인지. 우리 둘의 관계는 평범한 모험 동료에서, 서서히 오누이 같은 것으로 변해 갔다.

연상의 여자는 왜 그렇게 잔소리가 심은 걸까.

내가 몸을 씻고 나서 자려고 누우면,

"아직 몸이 안 말랐잖아요!"

그렇게 찢어지는 소리를 지르면서 머리카락을 닦아주고, 그릇에 입을 대고 수프를 마시면,

"천박해요."

라면서 노려봤다.

"용사님의 테이블 매너는 최악이에요."

"미안하네. 우리나라에서는 다들 이렇게 마시거든."

"……이제 됐어요. 제가 먹여드리도록 하죠. 아마 그쪽이 더 빠를 테니까."

더 이상 참지 못한 필리아 씨가, 숟가락으로 수프를 떠서 먹여줬다. 자기야 아~ 하는 것 같은 상황이지만, 기분은 주인에게

먹이를 받아먹는 멍멍이였다.

식사가 끝나면 입가를 벅벅 닦아주고, 밤에는 끌어안고 자고, 뭐랄까, 날 완전히 어린애처럼 취급했었지. 결국엔 참지 못하고 발끈해서, 나도 똑같이 해줬다. 그랬더니 필리아 씨는 귀까지 새빨개져서, 두 손으로 얼굴을 가린 채로 꼼짝도 못 하게 돼버렸다.

"용사 공은 인큐버스예요!"

"그거 남자 음마였지?"

그런 나날을 보내는 사이에, 필리아 씨가 조금씩, 자기 처지에 대해 말하게 됐다.

"태어나기는 귀족으로 태어났어요."

"헤에."

서민인 나하고는 엄청나게 큰 차이다.

"전쟁 덕분에 벼락출세한 가문이었죠. 죄가 많은 집안입니다. 그래서 저는, 신도를 한 사람이라도 더 늘려서 속죄해야만 합니다."

그래서 열심히 포교 활동을 하고 있는 걸까.

뭐, 성공률은 엄청나게 낮지만. 말도 제대로 못 하고, 나 말고 다른 남자들은 무서워하고, 그런 주제에 생김새 때문에 이상한 남자들을 끌어들이게 되니, 치명적으로 안 어울리는 것 같다는 기분이 든다.

"하지만, 완전히 틀렸어요. 아직까지 한 사람도 개종시키지 못했으니까요."

필리아 씨는 긴 속눈썹을 축 늘어트리고는 "신관 실격이네요"라고 중얼거렸다. 상당히 신경 쓰고 있었는지, 눈이 조금 빨개지기 시작했다.

"저기."

"왜 그러시죠?"

"괜찮다면 내가 개종자 제1호가 돼줄까?"

그냥 별 생각 없이 한 말이었다.

내가 무슨 종교를 믿을지에 대해 딱히 고집하는 것도 아니니까, 기왕이면 파티 멤버의 실적이라도 늘려주는 게 좋을 것 같다고 생각했을 뿐이다.

"……용사 공의 신앙은, 일신교가 아니었나요?"

"아마도, 다신교겠지."

"이럴 수가. 그렇다면 당장이라도 회개하시는 쪽이 좋습니다."

"혹시나 해서 물어보는데, 필리아 씨네 종교에 이상한 터부는 없겠지? 뭔가 먹으면 안 되는 음식이 있다든지, 복장 규정이라든지."

"있기는 있습니다만……."

"어. 그럼 그냥 관둘까."

필리아 씨는 애원하는 것 같은 눈으로 날 쳐다봤다.

"자, 잠깐만요! 그러니까…… 일신교는 대단해요! 믿으면 천국에 갈 수 있게 됩니다!"

"사후 세계 따위는 어떻게 되건 상관없는데…… 다른 건?"

"그, 그러니까, 전국에 있는 교회에서 도움을 받을 수 있게 됩니다…… 상태 이상을 무료로 해제해주기도 하고, 가끔씩 축복 의례를 거친 장비를 줄지도 모릅니다."

"그건 좋네. 그리고?"

"그리고, 또……."

필리아 씨는 시선을 좌우로 열심히 움직이면서, 기도하는 것처럼 손을 맞잡고 있다. 한눈에 봐도 당황한 게, 결국 나한테 제시한 떡밥이 다 떨어졌다는 게 훤히 보인다.

"……그리고, 그러니까…… 저와 더 친해질 수…… 있다든지?"

"뭐야 그게."

나도 모르게 웃고 말았다. 기껏 마지막에 나온 게 겨우 그거야, 라는 느낌이다.

보는 사람이 미안해질 정도로 허둥대고 있는 게, 슬슬 넘어가주는 게 좋으려나.

"좋아, 개종할게."

"그렇겠죠, 누구나 자기 나라의 신앙이 제일 중요하겠죠…… 역시 제 권유 문구 가지고는 아무도 넘어…… 예? 지금 뭐라고?"

"개종하겠다고 했어. 전국에 있는 교회가 같은 편이 돼준다면 모험도 유리해질 것 같고 말이야. 응, 그래."

"……괜찮으시겠어요."

"이게 그렇게 놀랄 일이야."

필리아 씨는 안 그래도 커다란 눈이 휘둥그레졌고, 입까지 뻐끔거리고 있다.

너무 놀라는 건 아닌가도 싶다.

"……참고로 어떤 것이 가장 큰 이유였나요. 교회의 도움인가요?"

"그것도 있지만, 필리아 씨랑 더 친해질 수 있다는 게 제일 컸지."

"……."

"왜 창피해하는데."

"……본인 조국의 신보다, 저와의 관계가 중요하다는 건가요?"

"그, 그래."

종교 같은 것보다 동료와의 인간관계 쪽이 더 중요하다는 건, 우리나라에서는 은근히 평범한 가치관이라고 할 수 있겠지.

이걸 계기로 파티의 연계가 더 원활해지면 좋겠다, 같은 합리적인 사고에서 나온 선택이지만.

필리아 씨는 그걸 대체 어떻게 해석했는지.

"그, 그렇군요. 알겠습니다. 그렇다면 지금부터 세례 의식을 행하겠습니다."

필리아 씨는 뻣뻣한 움직임으로 가방 속에 손을 집어넣더니, 성서네 성수 같은 것들을 꺼내기 시작했다. 설마 계속 삶은 문어처럼 새빨개진 상태로 작업을 계속할 생각인 걸까…….

"……용사 공께서 제 첫 번째 사람이 되어주시는 것이군요."

"이상한 표현 하지 말고."

살짝 촉촉해진 파란 눈동자가 날 보고 있다.

"저, 잊지 않겠습니다. 오늘 일을. 용사 공 덕분에 드디어 어엿한 한 사람의 신관이 됐으니까요."

필리아 씨가 말했다.

우리, 이걸로 진정한 동료가 됐군요, 라고.

설령 어떤 일이 있다 해도, 저만은 용사 공의 편이 되어드리겠습니다, 라는 말도.

"……그랬으면 좋겠네."

"신께 맹세한 약속이 깨지는 일은, 절대로 없습니다."

"과연 그럴까. 난 인간이란 사소한 일 때문에 사이가 틀어지는 존재라고 생각하거든."

"저는 계속 용사 공의 편이 되어드리겠습니다. 무슨 일이 있어도, 제일가는 같은 편입니다."

그렇게 말하고, 필리아 씨가 날 안아줬다.

달콤하고, 그러면서도 어딘가 진한 향기가 코를 확 찔렀다. 농후한, 연상 여성의 냄새. 또래 소녀들과는 전혀 다른 향기.

"무슨 일이 있어도 말이지."

"예! 당신에게 해를 끼치는 자가 있다면, 날아가서 혼을 내주겠습니다."

"정말 믿음직하네."

"그러니까, 용사 공도……."

알고 있다고, 고개를 끄덕였다.

"나도 계속, 필리아 씨 편이 될게. 무슨 일이 있어도."

◇　◇　◇

"요즘 필리아가 좀 이상하지 않아?"

"······어떻게 말인가요."

일이 끝나고, 저녁때.

나는 아야코와 함께 호텔 1층에 있는 커피숍에 와 있다. 목제 원형 테이블을 사이에 두고 마주 앉은 상태로 대화를 나눈다.

더위를 많이 타는 나는 봄에 입어도 될 만큼 얇은 코트를 걸치고 있지만, 추위를 타는 아야코는 두툼한 더플코트를 입고 있다.

"그 녀석, 벌써 다 나았을지도 몰라."

"······?"

"가끔씩 눈에서 지성이 느껴지는 때가 있어. 아야코가 보기에는 어때? 그 녀석이랑 접하면서, 뭔가 부자연스럽게 느껴지는 때는 없었어?"

어쩌면 필리아가 일련의 착란 현상과 관련돼 있을지도 모른다. 남몰래 지성을 되찾아서, 어떤 수단을 이용해서 광기를 조종하고 있다면—— 나는 그 녀석을 처분해야만 한다.

"······모르겠어요. 저랑 있을 때는, 딱히 그런 기척이······. 아, 하지만."

"하지만?"

아야코는 긴 속눈썹을 늘어트리고, 창피하다는 것처럼 말했다.

"……그게…… 그저께 돌봐줬을 때는, 젖을 달라고 하질 않았어요."

"그, 그랬구나."

"……정말 힘들었어요. 항상 방에 들어가자마자 빨려고 매달렸으니까요."

내용은 그렇다 치고, 그건 틀림없이 필리아에 관한 의혹이 더해지게 만드는 정보다.

역시 그 녀석, 유아 퇴행에서 회복된 걸까?

턱에 손을 대고 생각에 잠겨 있는데,

"……그렇게 열심히 상상하지 않아서도……."

아야코는 두 손으로 가슴을 가리는 포즈를 하고, 얼굴이 확 빨개졌다.

왜 이렇게 금세 발정이 나는 걸까, 여고생이라는 생물은.

나는 러브 코미디로 탈선하려는 분위기를 바꾸기 위해서,

"뭐 좀 시키고 올게."

라고 말하며 일어났다

마침 목이 마르기도 했으니까.

카운터로 가서 남성 점원에게 "음료 두 잔 주세요"라고 말을 걸었다.

그랬더니 돌이네 그랑데네 하면서 뭐라고 떠들어댔는데, 무슨 소린지 하나도 모르겠다.

모국어에는 언어 이해 스킬이 반응하지 않는다.

……툴이나 그랑데를, 모국어라고 취급해도 되는 건가?

일본인이 외국어를 사용하는 건 일본어로 취급되는 건지도 모른다. 정말 눈치도 없는 스킬이라니까.

"뭐든지 좋으니까, 여자애가 좋아하는 걸로 하나. 또 하나는 제 걸로, 알아서 주세요."

이상한 모험은 안 하는 게 좋을 것 같아서, 점원한테 완전히 떠넘겨버렸다.

잠시 기다렸더니 한눈에 봐도 SNS에 올리면 멋지게 보일 것 같은 잔을 두 개 가져다줬다. 카라멜 마키아토와 카페모카인가 하는 무슨 주문 같은 이름을 빠르게 말하면서. 아마도 분위기상 카라멜 쪽이 여자애를 위한 음료겠지.

나는 흘리지 않도록 살금살금 걸어서 아야코가 있는 자리로 돌아갔다.

"기다렸지."

소파에 앉고, 음료를 테이블 위에 내려놨다.

"자."

마셔, 라고 하면서 카라멜 어쩌구를 권했다.

아야코는 컵을 두 손으로 잡더니, 큰마음을 먹은 것처럼 입을 열었다.

"……나카모토 씨와 필리아 씨는, 어떤 관계였나요."

그렇게 나왔단 말이지. 나는 카페모카를 입에 머금으면서 생각했다.

"전에도 말했지만, 그냥 예전 동료야."

"……그거 거짓말이죠. 단순한 업무 동료 사이였으면, 이렇게까지 헌신적으로 할 리가 없을 것 같아요."

"왜, 남자란 말이야, 미인한테 약한 법이거든."

"장난치지 마시고요."

아야코는 유난히 진지한 눈이었다.

"……돌보미 보수예요. 나카모토 씨와 그 사람의 관계, 가르쳐주시면 안 될까요."

그렇게 말하면 마음이 약해지는데.

하긴 뭐. 인간관계에 대해서는 딱히 감출 필요도 없겠지.

"눈치챘겠지만, 나와 필리아는 단순한 동료가 아니야. 나중에 알게 된 일이었는데── 서로 좋아했던 시기도 있었던 것 같아."

"그런…… 가요."

"서로 엇갈렸지만. 나는 계속 짝사랑이라고 생각했었고, 그러다가 다른 여자랑 사귀게 됐어. 그랬더니 필리아 녀석이, 사실은 나도 당신을 좋아했다는 소리를 했었지. 그 뒤로 나랑 그 녀석 사이는 완전히 뒤틀리고 말았어."

"……저는 필리아 씨가 옛날 연인일 거라고 생각했는데…… 다른 사람이 있었군요."

"죽었지만."

"……어."

"죽었어. 일 년 하고 조금 전에."

"……죄송해요."

"아야코가 사과할 일은 아니야."

나는 엘자의 얼굴을 떠올리면서 웃었다.

"외국, 그것도 치안이 그다지 좋지 않은 지역에 살았으니까. 어쩔 수 없는 일이었지."

"……나카모토 씨가 있었던 나라가…….”

"유럽에 있는 가난한 나라야."

이세계에 소환됐었어, 라고 말해봤자 일이 귀찮아지기만 할 뿐이니까, 그냥 애매하게 넘기기로 했다.

"……동유럽 쪽인가요. 안젤리카 양도 거기서 알게 됐나요?"

"눈치가 빠른데."

"어떤 일을 하셨나요?"

"일?"

소환 용사는 전장을 누비는 육체노동이다.

"뭐랄까, 몸을 쓰는 일이었어."

"몸, 말인가요."

"제대로 된 직장이 아니었지."

소환되자마자 실전에 내몰렸으니까.

어지간한 블랙 기업 따위는 명함도 못 내미는, 아주 극악한 근무 형태다.

"아직 미성년자였던 나를 아주 실컷 부려먹었었지. 생각만 해도 화가 나서 미칠 지경이야. 첫 상대는 돼지 남자 무리였어."

"……첫 상대가, 돼지 남자 무리, 였다고요."

"그렇지 뭐."

내 첫 싸움은 오크와의 전쟁이었다.

온몸을 녹슨 창으로 푹푹 찔리면서도 칼을 휘둘러댔고, 간신히 살아남았던 기억이 있다.

"정말 끔찍했어. 온몸이 상처투성이가 됐을 정도로."

"……정말 심했나 보네요."

"내 몸에 안 찔린 데가 없을 지경이었거든."

"……."

잔을 든 아야코의 손이 바들바들 떨리고 있다는 걸 알아차렸다.

대체 무슨 상상을 하고 있는 걸까.

유럽에 주재했다는 정보와 군인 같은 말투를 통해서 외국인 용병부대 같은 걸 떠올렸는지도 모른다.

"……저기…… 하나 물어봐도 될까요?"

"뭔데?"

"그 일의 상대는, 남성으로 한정된 건가요? 설마 나카모토 씨, 남성 전문이라는 건 아니겠죠?"

"응? 여자랑 할 때도 있었지."

서큐버스라든지 뱀 여자라든지 마녀라든지. 여성형 몬스터도 얼마든지 있으니까.

"……그, 그렇군요. 그렇겠죠……."

아야코는 어딘가 안심한 표정을 지었다.

뭐야?

전장에 여자가 있다는 게 기쁜 건가?

여성의 사회진출 같은 그런 얘기?

"……필리아 씨도, 같은 일을 하셨던 거군요."

"그렇게 되지."

"……어디까지나 그냥 동료고, 그러니까…… 손님으로서 필리아 씨를 이용하는 일은 없었던 거죠?"

"손님이라는 게 뭔데. 우리 직장은 전쟁터였다고."

"어떤 의미에서는 전쟁터라는 건 저도 이해해요. 제가 물어본건, 나카모토 씨도 필리아 씨한테 신세를 진 일이 있었냐는 뜻인데……."

"아, 그렇구나. ――그 녀석한테는 매일같이 신세를 졌지.

힐러였으니까.

"……매…… 일……."

"필리아는 우리 중에서 치유 담당이었거든. 그 녀석이 없으면 그 격무를 견딜 수가 없어.'

"……치유."

"테크닉도 스태미너도 정말 대단했고 말이야."

"……저도, 나카모토씨를 치유해드릴 수 있을까요?"

"네가?"

"……나카모토 씨만 좋다면, 저는 언제라도……."

"무리야."

평범한 일본 사람이 마법을 쓸 수 있을 리가 없잖아. 애당초 어떻게 배울 건데.

"아야코는 필리아를 대신할 수 없어."

"······그렇게, 그 사람이 좋은가요."

"좋고 나쁘고 문제가 아니야. 적재적소라는 거지."

"······이상해지기 전의 필리아 씨는, 어떤 분이었나요?"

아야코가 눈에 핏발을 세우고 물었다.

"나카모토 씨가 그렇게 빠질 정도로 매력적인 사람이었겠죠. 어떤 성격이었는지······."

나는 과거의 필리아를 떠올리면서 대답했다.

"칭찬할 만한 성격은 아니었지."

"어······."

"자기 생각만 옳다고 하는 일도 많았고, 종교에도 완전히 빠져 있었고. 소위 말하는 과격한 사상의 소유자였어."

"······."

"대놓고 할 말은 아니지만, 테러 행위도 저지를 수 있는 여자라니까."

"그런 사람을 돌보라고 시킨 건가요."

"나도 미안하다고 생각은 해."

고개를 깊이 숙였다.

"만약에 필리아가 몰래 회복돼서 예전 인격으로 되돌아갔다면, 최근에 일어난 독가스 사건에 관여했을 가능성이 있어."

"······세상에."

"그 녀석은 그런 여자거든."

"······잠깐 생각 좀 할게요."

얼마든지, 라고 중얼거리고는 카페모카를 입에 머금었다.

"……계속 이상하다고 생각했었어요. 어째서 제대로 된 복지시설에 보내지 않은 건지, 이 사람 여권은 있는 걸까, 하고. ……필리아 씨는…… 범죄자, 군요?"

일단 밀입국은 확실하니까.

"……나카모토 씨는…… 나쁜 사람, 이었군요."

"그래. 내 입으로 말하기는 그렇지만, 내 경력은 아주 더러워."

"……모, 몸은 더러워졌다고 해도…… 마음까지는 더러워지지 않았다고 생각해요."

아야코가 어째선지 볼을 발그레하게 물들이면서 말했다.

"필리아를 처리하면, 이 동네를 떠날 생각이야."

"……예?"

"그 녀석이 정말로 테러 행위에 관여했다면, 내 손으로 처분할 거야. 그리고 두 번 다시 네 앞에는 나타나지 않을 거고. 더이상 폐를 끼칠 수는 없으니까."

"지금 무슨 말씀이세요……?"

"고마워, 지금까지 즐거웠어. 아, 너무 성급한가. 아직 필리아가 범인이라고 확정된 것도 아니니까."

"안 돼요…… 그런 건 안 돼, 안 돼, 안 돼……!"

아야코는 몸을 앞으로 내밀어서, 서로의 코가 거의 닿을 정도 거리까지 얼굴을 가까이 들이댔다.

"전…… 나카모토 씨가 없어지면 절대로 못 살아요……."

"너무 거창하네."

"……거창한 소리가, 아니에요."

커다란 눈동자에서, 눈물이 뚝뚝 떨어졌다.

"……나카모토 씨는…… 제 삶의 보람이에요…… 제, 특별한……."

나는 두 손으로 아야코의 얼굴을 감싸고, 엄지손가락으로 눈물을 닦아줬다.

"너처럼 예쁜 여자애라면, 좋은 남자를 얼마든지 만날 수 있을 거야. 나 같은 건 그냥 평범한 아저씨니까──."

"아니! 아니에요! 나카모토 씨는 평범한 아저씨가 아니라고요!"

가게 안에 울려 퍼지는 고함소리. 평소의 소곤소곤 말하던 아야코한테서는 상상도 할 수 없었던 볼륨이었다.

"……나카모토 씨는…… 특별한 사람이에요. 대단한 사람, 이라고요. 저 같은 건 어울리지도 않을 만큼, 여러 가지 일을 할 수 있고……. 저, 나카모토 씨의 좋은 점, 잔뜩, 알고 있어요. 잔뜩, 알고 있어요……."

"……왜 그렇게까지 나한테 고집하는데."

코에서 훌쩍훌쩍 소리를 내면서, 아야코가 대답했다.

"전…… 어릴 적부터 계속, 아버지를 좋아했어요. ……나카모토 씨와 만나기 전에는, 아버지를 좋아했었어요."

나한테도, 굳이 알고 있었다는 말은 하지 않을 만큼의 배려심은 있다.

"……이상하죠……? 기분 나쁘죠……? 부친을 이성으로서 좋아했거든요……? 정말 최악의 짝사랑이죠……?"

나는 아무 말도 하지 않고, 가만히 아야코의 말에 귀를 기울였다.

"하지만…… 나카모토 씨가, 나타나 주셔서. 혈연관계가 아닌 남자를 좋아할 수 있다는 걸, 가르쳐줬으니까……."

아야코가 쥐어짜는 것 같은 목소리로 말했다.

"……좋아, 해요……."

듣는 내가 다 창피해질 정도로 직설적인 사랑의 속삭임. 소심한 소녀가 조심조심 던져대는 강속구는, 그 어떤 변화구보다 효과적이었다.

"……당신의 모든 게, 좋아요. 얼굴도, 목소리도, 쓸쓸해 보이는 표정도, 성격도…… 전부, 전부 다 좋아해요……."

아야코는 계속 공세를 멈추지 않았다.

"……괴로운 과거도, 저질렀던 죄도, 틀림없이 좋아하게 될 거예요. ……왜냐하면 그런 것들이 있었기에, 지금의 나카모토 씨가 있다고 생각하니까……."

"아야코……."

"옛날에 했던 일이, 뭐가 됐건 상관없어요. 설령 남창이었다고 해도, 살인귀였다고 해도…… 뭐든지, 괜찮아요. ……사랑해요. 계속 사랑할 거예요. ……그러니까, 아무 데도 가지 말아주세요……. 사라진다는 말은, 하지 말아주세요……!"

결혼하자.

지금 당장 오오츠키 고서점으로 가서 부모님 앞에서 고개를 숙이고 교제를 인정받은 다음에, 당장 내일이라도 호적에 올리자.

자식은 아들 둘에 딸 하나가 좋으니까, 행복한 가정을 만들자!

그런 너무나 깔끔한 생각이 머릿속에 맴돌았고, 판단력이 사라져갔다.

젠장, 제어가 안 되잖아!

너무나 야시시한 몸을 가진 문학소녀가, 내 모든 것을 긍정하는 애정 표현을 하니까──

못 참는 게 당연하잖아!

"아야코…… 눈, 감아줘."

"……예……."

미안해 엘자. 그리고 안젤리카랑 리오도. 나한테는 너희들이 있는데, 이런 데서 아야코랑 키스를 하고 싶어졌다.

사과할 여자가 세 명이나 있다는 시점에서, 정말 최악의 사죄다──

그런 생각을 하면서 입술을 오므렸는데, 누군가가 어깨를 톡톡 두드렸다.

"손님, 여기서 이러시면 안 됩니다……."

점원이었다.

조금 전에 나한테 음료를 가져다준 형씨가, 봐선 안 될 것을 봐버렸다고 말하고 싶은 것 같은 얼굴을 하고서 서 있었다.

"그리고 죄송합니다만, 여성분의 연령을 확인해도 될까요? 만 18세 미만의 아동과의 성적인 접촉은 조례에 의해──."

"으어어어어어! 슬슬 방에 가야 할 것 같은데?!"

"그, 그러게요! 빨리 가요! 그리고 저, 만으로 스무 살이거든요!"

나와 아야코는 도망치는 것처럼 엘리베이터에 뛰어들었다. 고작해야 아르바이트 점원인 사람이 따라올 것 같지는 않지만, 만에 하나라는 일도 있으니까.

"서둘러!"

재빨리 문을 닫고 3층으로 가는 버튼을 누른 뒤에, 힘없이 엘리베이터 벽에 몸을 기댔다.

"……아무리 그래도 만 스무 살은 좀 무리가 있지 않나."

내가 투덜대자, 아야코가 짓궂은 미소를 지었다.

"……나카모토 씨야말로. 이렇게 당황해서 도망치면, 나쁜 짓했다고 자수하는 거나 마찬가지거든요."

"하하. 듣고 보니 그러네.

"……다음부터는, 조심하세요. 제 나이가 나이니까…… 밖에서 그런 걸 하면, 나카모토 씨한테 폐를 끼치게 되니까요."

다음부터는?

또 뭔가 할 생각이야?

난 더 이상은 죽어도 싫거든?

"……이다음은…… 방에서 해요."

그렇게만 말하고, 아야코는 나한테 팔짱을 끼더니 톡, 하고 머리를 내 어깨에 기댔다.

손가락도, 왠지 연인처럼 잡고 있고.

"……기뻐요. 나카모토 씨랑 제가, 서로 좋아한다는 걸 알아서…….."

"무슨 뜻이야?"

"도착했어요."

엘리베이터가 멈추고, 문이 천천히 열렸다.

나와 아야코는 찰싹 달라붙은 채로 필리아가 있는 쪽으로 걸어갔다.

"아까 그거…… 정말 기뻤어요. 그거, 키스하려던 거였죠? 우리 사귀는 사이라고 생각해도, 되는 거죠?"

"비약이 너무 심한 것 같은데."

"……연인을 놔두고, 사라질 수는 없겠죠?"

"아야코?"

"아하, 아하하. 그렇겠죠. 나카모토 씨가 사라지다니, 말도 안 돼요. 그런 건 거짓말이겠죠. 거짓말, 거짓말, 거짓말, 전부 거짓말……!"

"아니, 저기."

"……그게 제 마음을 끌기 위한 거짓말이었다는 거, 다 알아요. 아하하. 너무해요. 완전히 걸려서, 창피하게 다가갔잖아요. ……나카모토 씨, 밀고 당기기를 정말 잘하시네요."

아야코는 눈도 한 번 깜박이지 않으면서 날 쳐다보고 있다.

"나 말이야."

"……결혼하면, 아기 잔뜩 낳아요. 딸 열 명에 아들 스무 명이 좋을 것 같아요. 폐경 때까지 매년 낳아드릴 테니까 이름, 잔뜩 생각해두세요…….”

자릿수가 이상하지 않아?

아들 둘에 딸 하나라고 망상했던 내가 바보 같아질 정도로, 성욕 인플레이션이 너무 심한 거 아냐?

살짝 오싹한 기분을 맛보면서 발을 움직였더니, 순식간에 307호에 도착했다.

어쩌다 보니 분위기를 타고 여기까지 오기는 했는데, 내 원래 목적이 뭐였더라…….

그래, 필리아.

“그러고 보니 본론이 생각났는데.”

“신혼여행 일정 말인가요?”

“아까부터 무슨 소리를 하는 거야. 필리아 얘기 말이야.”

“……아…… 그런 사람도 있었죠.”

“그 녀석 정신이 돌아왔는지 아닌지 확인할 수단이, 뭔가 없으려나.”

“병원에 데려가는 게 제일 좋을 것 같아요.”

“의료기관은 안 돼. 일이 커지니까.”

“……커져요?”

“그 녀석 몸, 여러모로 이상하거든.”

1만이 넘는 스테이터스를 자랑하는 최강의 여신관. 그딴 걸 의사한테 보여주기라도 하면 초인류 발견! 하고 날 리가 나겠지. 정신감정 이전에 인간인지 아닌지 의심할 수준이다.

그리고 그런 괴물이 잘 따르는 나도 수상하게 여길 테고——

다시는 일상으로 돌아오지 못하게 돼버릴지도 모른다.

"의사가 그 녀석 몸을 검사하기라도 하면, 약물 반응이 나올 우려가 있어. 까딱하면 나도 체포될 수 있고."

물론 그냥 입에서 나오는 대로 하는 말이지만, 야야코는 믿어준 것 같았다.

"……약에 쩐 상태에서 손님을 받았던 건가요……. 병원은 무리겠네요."

나는 방 카드키를 꺼내고 문손잡이에 손을 댔다.

순간, 그걸 막으려는 것처럼 아야코가 손을 뻗었다.

"……한 가지 방법이 있어요."

"어떤 건데?"

"이야기를 들어보니까…… 필리아 씨는 나카모토 씨한테 애증이 섞인 감정을 품고 있는 거죠?"

"그렇겠지."

"……좋아하지만, 용서할 수 없어. 밉지만, 사랑스러워. ……알 것 같아요. 저도 나카모토 씨가 다른 여자애랑 교제를 시작하면, 강제 동반 자살을 저지를 것 같으니까요."

"나, 집에 가도 될까."

"……그렇다면…… 그 감정을 자극하면 돼요."

"어떻게?"

간단한 일이예요, 라고 말하며, 아야코가 너무나 맑은 미소를 지었다.

"저와 나카모토 씨가, 야한 짓을 하면 되는 거예요."

쩡, 하고 공기가 얼어붙었다.

"질투하게…… 만들자는 얘기야?"

"예. ……지금부터 필리아 씨 눈앞에서, 아슬아슬하게 한계 직전까지 알콩달콩한 거예요. 만약 정말로 정신이 나간 척만 하고 있는 거라면, 틀림없이, 들통이 나겠죠."

징그럽다.

내가 스플래터한 쪽으로 무자비하다면, 아야코는 여자의 마음을 이용하는 쪽으로 무자비했다.

"……가장 사랑하는 남성을 다른 여자한테 빼앗기는 모습을…… 가만히 보고 있을 수 있는 여성은, 이 세상에 없어요."

"현역 여동생이랑 그런 짓을 하는 건, 도덕적으로 좀 그런데."

"다른 아이디어가 있나요?"

없는 건 아니지만, 고문해서 억지로 말하게 만든다든지, 그런 훨씬 더러운 수법밖에 떠올리지 못하는 게 내 한계다.

그럴 바엔 차라리── 알콩달콩하는 행위를 보여주는 쪽이 나으려나.

"알았어. 아야코 생각대로 해보자."

【파티 멤버, 오오츠키 아야코의 성적 흥분이 70%에 도달했습니다.】

"성질도 급하네."

"뭐가 말인가요?"

고개를 갸웃거리는 아야코와 함께 방으로 들어갔다.

필리아는…… 또 침대 위에서 TV를 보고 있었다.

"내가 생각해봤는데 말이야."

"……뭐를요?"

"여기로 콜걸을 부르면 되는 게 아닌가? 그렇게 하면 성인 여성과 그런 짓을 하는 모습을 필리아한테 보여주는 게 되니까. 굳이 미성년자인 아야코가 몸을 던질 필요도 없잖아."

"그런 짓을 하면, 이 자리에서 손목 그어버릴 건데요…… 방안을 전부 피바다로 만들 건데요……."

"미안, 내가 잘못했어. 제발 눈동자에서 하이라이트를 지우지마. 그리고 그 커터칼도 치워줄래?"

혹시 항상 가지고 다니는 건가?

……너무 심각하게 생각하지 말자. 그냥 여고생들 사이에서 날붙이를 가지고 다니는 게 유행하는 것뿐인지도 모르니까.

나는 아야코와 찰싹 달라붙은 채로 걸어갔고, 침대에 걸터앉았다.

그랬더니 필리아가 이쪽에 관심이 생겼는지,

"이거, 멍멍이 말해!"

그렇게, 순진하게 웃으면서 말을 걸어왔다.

필리아의 손가락은 TV에 나오고 있는 애니메이션의 캐릭터를 가리키고 있다.

"그러게, 멍멍이 귀엽구나."

"……언니도 왔어?"

"싫어?"

은색 눈썹을 축 늘어트리면서 입을 다무는 필리아. 이 불만이라는 얼굴을 질투 때문일까.

아니면…….

아니, 생각해봤자 소용없다.

지금은 그저 내가 할 수 있는 일을 해볼 뿐이다.

나는 코트를 벗어 던지고 지금부터 시작할 행위의 준비 태세에 들어갔다.

조금 지나서, 야아코도 더플코트를 벗기 시작했다.

안에서 나타난 것은 평소와 똑같은 가슴 모양이 잘 드러나는 세로 골지 스웨터였다. 게다가 어깨가 노출된, 제일 야시시한 놈으로. 아래쪽은 까만 치마인데, 팬티스타킹을 입고 있기는 해도 역시나 야시시.

그냥 온몸이 전부 야시시했다.

내 안에 있는 야시시가 게슈탈트 붕괴를 일으켰을 때, 야아코가 움직였다.

"……무겁지 않은가요?"

삐걱, 소리를 내며 내 위에 앉는 야아코.

서로 마주 보고 끌어안는 이 자세는, 소위 말하는 대면 좌위라고도 하고 에키벤 스타일이라고 하는 그런 자세다.

"가벼워. 깃털을 올려놓은 것 같아."

"……말은 참 잘하시네요."

얼굴이 가까운 탓에, 야아코가 말할 때마다 숨결이 내 얼굴에 닿았다.

달콤한 향기.

사람의 숨결이라는 걸 도저히 믿을 수 없을 정도로 향기로운 냄새.

혹시 내장 속이 향수로 채워져 있는 건 아닐까?

살짝 땀이 났는데도 머리카락이나 피부에서도 달콤한 냄새가 감돌고 말이야. 이것도 안쪽에서 나오는 향기겠지.

약간 호러한 상상을 하고 있는데, 아야코가 뜨겁게 달아오른 것 같은 얼굴로 말했다.

"……키스하던 거…… 계속해도 되나요."

"……그래."

나는 아야코를 꼭 끌어안고, 뒷머리를 딱 고정하고는──

"으음……!"

먹어치울 기세로, 입술을 빨았다.

탱글탱글한 감촉, 미끈미끈한 타액, 고른 치열.

그러고 보니 아야코, 치열 교정은 중학교 때 끝냈어요, 라고 했었지 아마.

상류 계급만이 가질 수 있는, 돈을 들인 앞니.

그 이를 억지로 벌리고 혀를 밀어 넣는 나는, 마치 상류층 아가씨들이 다니는 학교에 불법 침입하는 수상한 자.

평안하신지요.

마음속으로 우아하게 인사를 날리며, 나는 오오츠키 여학교 탐색을 시작했다.

"으으음……!"

대학 교수 딸이라서 그런지, 아야코는 입속까지도 잘 교육을 받았다. 손님에게 허술하게 대할 수는 없다는 것처럼 자기도 열심히 빨려고 했지만, 그 기특한 대접이 너무나 서툰 게, 남성 경험이 없다는 걸 여실하게 보여주고 있었다.

남자를 기쁘게 해주고 싶다는 기개는 있지만 기교가 따라가지 못한다. 그 어른스러운 모습을 보여주려고 하는 처녀의 모습이, 남자를 제일 즐겁게 만든다는 걸 모르고 있다.

나는 아야코의 혀에 내 혀를 감고는, 온갖 각도에서 괴롭혀댔다. 그것은 순수하게 배양된 아가씨를 붙잡아서는, 교무실 앞에서 촉수 플레이를 하는 것 같은 만행이다.

잇몸, 볼 안쪽, 위턱 안쪽. 민감한 학생은 누구 하나 놓치지 않는다. 평안하신지요, 평안하신지요, 평안하신지요. 선생님이 보는 앞에서 오징어 인간에게 능욕당하는 건 어떤 기분이지?

내가 오징어한테 당하는 합성 사진을 만들던 네가, 이번에는 당하는 쪽이 됐잖아?

가끔씩은 내 공포를 뼈저리게 느껴보라고!

"……으음……! 으응……!"

약간의 개인적 원한을 담아서 열심히 빨아댔더니, 야아코가 내 등에 손톱을 박고서 움찔움찔 경련하기 시작했다.

딱 보기에도 위험 수역이니까, 슬슬 물러나야겠지.

나는 아쉽다는 것처럼 매달리는 아야코를 달래면서 혀를 뺐다.

쪼옥, 하는 물소리를 내면서 입술을 뗐더니, 두 사람 사이에 주룩, 하고 은색 다리가 생겼다.

"아야코 입…… 정말로 열일곱 살이네. 고등학교 2학년이라는 게 느껴지는 맛이야."

"예에…… 열일곱 살이에여……."

"정말 좋았어. 마치 혀끝으로 고등학교에 다니는 기분이더라고."

"예에…… 제 입이라도 좋다면, 언제든지 체험입학 하세여……"

아야코는 나한테 매달려서 허리를 꾸물꾸물 움직이고 있다. 입을 통해서 받은 자극이, 하반신의 쾌감을 유발한 것 같다.

열일곱 살 소녀를 이렇게까지 달아오르게 만든 나는, 틀림없이 실형 판결 감이겠지.

하지만, 죄를 저지르는 대신에 얻을 수 있는 정보가 있다.

자, 필리아의 반응은 과연?!

"아빠랑 언니랑 뽀뽀 한다~!"

깔깔 웃고 있다.

이게 연기라면 정말 대단한 실력이다.

"답은 나왔네. 필리아는 여전히 그 상태야."

"……아직…… 모를 것 같아요."

아야코가 어깨까지 들썩일 정도로 숨을 거칠게 쉬면서 속삭였다.

"……키스 정도라면, 질투를 억누를 수 있지 않을까요. 필리아 씨는 강철 같은 정신으로 분노를 억누르면서, 계속 연기하고 있는 건지도 몰라요."

"그런 걸까?"

"……그런 거예요. 더 과격한 행위를 보여주지 않으면…… 필리아 씨의 속내를, 끌어내지 못할 것 같아요."

"아무리 그래도 이 이상은 좀."

키스만 해도 충분히 아웃인 것 같으니까, 아무래도 더 이상은 무리다. 얼마 남지 않은 양심이 날 방해했다

그렇게 주저하고 있는데, 필리아가 네 발로 기어왔다.

"?"

대체 뭘 하려는 건가 싶었더니, 내 머리를 끼익, 하고 돌려서는,

"필리아도 아빠한테 뽀뽀~!"

천진난만한 웃는 얼굴과 함께, 자기 입술을 내 입술에 댔다.

"……지금 그거 보셨죠. 역시 필리아 씨는 제정신이에요. 저한테 대항하고 있다고요."

아야코가 장절한 얼굴로 말했다.

"아니, 잘 모르겠는데? 그냥 우리 흉내를 냈을 지도 모르잖아. 애들은 그런 거 자주 하잖아."

"……계속, 해주세요. 좀 더 대단한 알콩달콩을, 부탁드려요."

그렇게 말하면서, 아야코가 살인자의 눈으로 날 쳐다보며 다가왔다.

내가 애 손에 죽는 건 말도 안 되는 일이지만, 마음을 병들게 만든 상태에서 방치하면 나중에 자살하지 않을까, 라는 우려가

있다.

그래서 따를 수밖에 없다.

"그럼, 하자."

"예……!"

나는 서둘러 달콤한 무드를 쥐어짜내서, 아야코를 침대 위에 자빠뜨렸다.

키스 이상의 행위를 하려면 나름대로 기합을 넣어야만 한다.

게다가 필리아한테 보여주면서 하려면…… 어떻게 해야 좋을까?

일단 옷을 입은 상태에서는 아무것도 못 하니까, 팬티스타킹을 벗겨보기로 했다. 둘둘 마는 것처럼 벗겨내고, 무릎 뒤쪽에 걸어서 멈춰놓는다.

그리고는 다리를 들어 올려서, 팬티 상태를 확인했는데…….

"큰일 났는데 아야코, 커다랗게 젖은 얼룩이 생겼어."

"그, 그렇게 큰가요."

"토야코(洞爺湖. 일본 홋카이도에 있는 호수. 면적이 약 70.7 km²로, 국내 소양호의 약 8배 정도라고 한다) 정도는 되겠는데."

"……일본에서 세 번째로 큰 호수네요……."

내가 뭘 어떻게 해주면 되는데? 넋이 나간 채로 그렇게 물었더니, 아야코가 뜨거운 목소리로 대답했다.

"……나카모토 씨 손가락으로…… 토야코 서미트를 해주세요……!(2008년에 일본 홋카이도 도야코에서 열렸던 G8 서미트를 뜻한다)"

"안 된다니까! 이런 상태에서 회의를 개최했다간, 얼룩이 더

번져서 비와코 서미트가 될 거라고!"

군이 말할 필요도 없지만, 비와코는 일본에서 가장 큰 호수다.

"그래도 좋아요…… 나카모토 씨 애무로, 제 호수를 점점 더 크게 만들어 주신다면……."

"저기, 가슴 정도로 봐주면 안 될까? 그쪽이 마음이 더 편한데 말이야."

시험 삼아 왼손으로 가슴을 주물러봤더니, 야아코가 정말로 좋은 반응을 보여줬다.

"어때?"

"……그걸로 이겼다고 생각하는 건가요?"

"이기다니, 뭐한테?"

"필리아 씨는 테러리스트일지도 모르잖아요. 그렇다면 이건 테러와의 전쟁이겠죠. 가슴으로 도피할 틈이 있다면, 제 토야코에 전력을 투입해야 하지 않을까요."

"하지만……."

그 어떤 대의명분이 있다고 해도, 과연 여고생의 국부에 전력을 파견해도 되는 걸까. 조약에 의해서 금지된 행위가 아닐까.

아니면 시대에 맞지 않는 조례는, 지금 당장 개정해야 한다고 주장해야 하나?

아야코의 사타구니를 만져서 테러를 사전에 방지할 수 있다면 ——이것은 음란한 행위가 아니라 자위 활동이라고 할 수 있으려나?

"······그래. 범죄가 아니야. 방위 활동의 일환이야!"

말도 안 되는 핑계를 댄 순간,

"언니, 쉬 쌌어?"

"아."

옆에서 뻗어온 손이 첨벙, 하고 야아코의 호수를 건드렸다.

필리아 손이었다.

"아아······ 대단······ 대단해요, 나카모토 씨. 제가 제일 만져 주기를 원한 곳을, 어떻게 아셨나요······."

황홀한 표정을 짓는 아야코와 대조적으로, 필리아는 깜짝 놀란 얼굴로 손가락을 움직이고 있다.

참으로 봐주기 힘든 무참한 대참사였다.

"하아아앙! 그 빙글빙글 돌리는 움직임, 대단해요! 조심스러운 구석이라고는 하나도 없는 손놀림이, 오히려 흥분하게······! 저기, 다음에는 팬티 위에서가 아니라, 직접 해주시면 안 될까요?"

"미안한데 아야코. 그거 내 손가락이 아니거든."

"······참을 수가 없어서, 그걸 들이댄 건가요?"

"그게 아니고. 그거, 필리아 손이야."

"······?"

겨우 이상 사태를 알아차렸는지, 아야코가 천천히 고개를 들어서 자기 하복부를 쳐다봤다.

"······."

동성이 자신의 소중한 부분을 만져대고 있다는 걸 확인하고,

화가 나서…… 가 아니라 울어?!

뭐야 그 보통 여고생 같은 반응은?!

"……알고 계시겠죠, 나카모토 씨."

"뭐, 뭐를?"

"제 첫 토야코 서미트를, 필리아 씨한테 빼앗겼잖아요? 그이라면 의연한 태도를 보여줘야겠죠……?"

"팬티 위에서 빙글빙글하는 정도라면 괜찮지 않을까? 삽입한 것도 아니니까, 너무 심각하게 생각할 필요는……."

그나저나 그이는 또 뭔데?

당황한 나를 무시하고, 아야코와 필리아 사이에 험악한 분위기가 감돌기 시작했다. 아니, 아야코가 일방적으로 노려보면서 분위기를 나쁘게 만들고 있을 뿐이지만, 그래도 방안의 체감 온도는 계속 내려가고 있다.

"……나카모토 씨는, 상냥한 게 아니라 어설픈 거라고 생각해요."

아야코는 손가락을 혀로 핥아서 침을 잔뜩 묻혔다. 아무리 봐도 열일곱 살 소녀가 아닌 것 같은 요염한 동작.

"힉."

그게 트리거가 됐는지, 필리아가 살짝 비명을 질렀다. 몸을 바들바들 떨고, 얼굴은 점점 창백해졌다.

아야코, 평소에 대체 어떻게 대했던 거야?

"……하지만, 그 어설픈 점이 나카모토 씨의 좋은 점이니까…… 제가 원망 사는 역할을 맡아야 하겠죠."

뭔가를 눈치챈 필리아가 슬금슬금 구석 쪽으로 후퇴했다.

"시, 시저…… 벌, 시저……."

이 무서워하는 모습, 보통이 아니다.

……아야코가, 손재주가 좋았지 아마. 같은 여자니까 약점도 훤히 알고 있을 테고.

그렇게 말을 안 듣는 필리아를 어떻게 돌보고 있었는지 정말 궁금했었는데, 매번 이렇게 조교 하고 있던 건지도 모른다.

"시저, 시저, 시저시저시저! 시저어어어어! 으아아아아아앙~!"

그 뒤로 10분가량, 필리아는 엉엉 울며 소리를 질러댔지만, 마침내 축 늘어져서 움직이지 않게 돼버렸다.

쿡쿡 찔러도 반응이 없는 걸 보면, 아무래도 기절한 것 같다.

오늘은 평소보다 격렬하게 했어요, 라고. 아야코가 말했다.

"……의식까지 날아가 버린 건 처음이지만요."

의식 말고 다른 게 날아가 버리는 건 종종 있는 일인가?

내 쪽으로도 이것저것 날아왔는데 말이야.

어쩔 수 없지, 수건이라도 가져와야겠다, 라고 생각하면서 일어난 순간──

【오오츠키 아야코는 전투에 승리했다!】

【경험치를 75000 획득했습니다.】

【스킬 포인트를 15000 획득했습니다.】

【오오츠키 아야코의 레벨이 66으로 올라갔다!】

【오오츠키 아야코는 새롭게 「약체 마법(디버프)」 스킬을 습득했

습니다.】

【오오츠키 아야코는 새롭게 「저주」 스킬을 습득했습니다.】

【오오츠키 아야코는 새롭게 「상상임신」 마법을 습득했습니다.】

"……뭐야?"

이건…… 시스템 메시지?

보아하니 아야코가 레벨 업 했다고 알려주는 내용 같은데——

"——설마."

나는 움찔움찔 경련하는 필리아를 보고 어떤 가능성에 도달했다.

경험치를 얻는 조건은 적의 목숨을 빼앗는 게 아니다. 전투에 승리하는 것이다.

한마디로 적이 전의를 상실하고 무력화되기만 하면 조건은 충족된다.

그리고 아야코는 필리아를 실컷 괴롭힌 끝에, 기절시켰다.

만약에 이게 「전투에 승리했다」는 것으로 간주된다면.

"……뭐죠. 조금 전에 머릿속에 레벨이 올라갔다, 는 목소리가 들려왔는데……."

곤혹스러워하는 표정으로 날 보고 있는 아야코는, 평소와 다름없는 얌전한 모습을 유지하고 있다.

하지만 레벨이 65씩이나 올라간 이상, 더 이상 나약한 소녀로 취급하는 건 무리일 수도 있겠지. 게임 스타일로 말하자면 마을 사람A가 갑자기 드래곤이 된 것이나 마찬가지니까.

……아냐, 잠깐만.

용이 된 마을 사람?

그런 괴물이, 지금까지와 똑같이 살아갈 수 있을까?

"스, 스테이터스 오픈!"

나는 지푸라기라도 잡는 심정으로 능력을 감정했다.

만약 아야코의 신체능력이 현대사회에서 동떨어질 정도의 수치까지 도달해버렸다면.

한마디로 그건, 나와 똑같은 처지가 돼버린다는 것을 의미한다……!

【이　름】	오오츠키 아야코
【레　벨】	66
【클래스】	여자 고등학생, 서점 점원
【H　P】	66
【M　P】	666
【공　격】	66
【방　어】	66
【민　첩】	66
【마　공】	666
【마　방】	666
【스　킬】	파더콤(광(狂)), 약체 마법(디버프), 상상 임신
【비　고】	책을 좋아하는 소녀. 레벨이 오르면서 마법의

재능이 눈을 떴다. 그리고 필리아에 대한 대항심 때문에 상상임신의 재능에도 눈을 떴다.

 ......공격력 66, 방어 66, 민첩 66.

 다행이다, 라고 생각하며 가슴을 쓸어내렸다.

 아무래도 아야코는 전위계 직업의 재능이 전혀 없었던 것 같다. 물리 방면의 스테이터스는 하나같이 여성의 평균치 수준에 들어가는 범위다.

 반대로 마법 관계 능력은 악마 수준으로 크게 부풀어 올랐지만, 이쪽은 평범하게 살아가는 데는 아무 문제도 없다.

 함부로 마법을 써대지만 않으면, 보통 사람과 똑같이 살아갈 수 있겠지.

 사실 어떤 마법을 습득했는지에 따라서 달라지지만......

 약체 마법(디버프)을 배운 것 같은데, 자동 발동형이면 조금 귀찮아질지도 모른다.

 나는 다시 아야코에게 질문했다.

 "아까 머릿속에서 들려온 목소리에 대해서 자세히 말해주겠어? 레벨 업 말고 다른 것도 들렸을 것 같은데."

 "그러니까…… 마법을 습득했다, 는 소리가 들렸어요."

 "어떤 마법?"

 "『근력 저하』를 배웠다느니, 『이성 저하』를 배웠다느니……."

 "……근력 저하?"

"예, 맞아요."

"정말로? 잘못 들은 건 아니지?"

"저기, 이게 뭔지."

나도 모르게 아야코의 어깨를 움켜쥐고 기쁨의 소리를 질렀다.

"잘했어!"

아야코한테는 생각지도 못한 반응이었는지, 눈만 껌벅거리고 있다.

"……필리아 씨는, 괜찮은 건가요?"

나는 그런 건 당연히 뒤로 미뤄야지, 라고 말할 정도로, 신이 나서 난리를 쳤다.

"무슨 좋은 일이라도 있었나요?"

다음 날 아침.

소년 시절에 유행했던 노래를 흥얼거리면서 옷을 갈아입고 있는데, 안젤리카가 이상하다는 표정으로 말을 걸었다.

"항상 그렇게 귀찮아하면서 외출 준비를 하더니, 오늘 아침에는 아주 신이 나셨네요."

"그런가?"

그렇게 잡아뗐지만, 들떠 있는 건 사실이다.

어제저녁, 아야코한테 갓 배운 디버프를 걸어 달라고 했더니, 공격력이 400 정도까지 떨어졌다.

보통 사람보다는 훨씬 세지만, 일상생활을 하는 데는 문제가 없을 수준의 완력. 그렇게 생각하면 딱 적당한 수준인지도 모른다.

게다가 급할 때는 「해주(디스펠)」 마법을 써서 원래 힘으로 돌아올 수도 있다.

그야말로 장밋빛 인생, 이걸로 나도 불편한 육체에서 해방됐다!

딱 한 가지 문제점을 따지자면, 정기적으로 아야코한테 디버프를 다시 걸어 달라고 해야 할 필요가 있다, 는 점이겠지.

한마디로 나는 평생 그 아이한테서 떨어질 수 없게 돼버렸다.

약점을 잡혔다, 라고 할 수 있고.

아야코도 그걸 자각했는지, 「졸업하면 바로 혼인신고를 해요」라고 말하면서, 왠지 어둠이 느껴지는 미소를 지었다.

응?

이거 혹시 내가 궁지에 몰린 건가?

내 무덤을 파고 있는데, 밖에서 그 무덤을 메워버리는 것 같은…… 그것도 꽤 큰 토목 공사로.

인생 설계를 중장비까지 동원해서 엉망진창으로 만들어버리는 이미지가 떠올랐지만, 현장 감독이 거유 안경 소녀인 덕분에 주민의 반대 운동에도 활기가 없다. 미소녀라는 건 정말 귀찮은 존재다.

"……."

아니, 이건 아니지.

이건 내 엉큼한 마음이 문제야.

진정한 적은 나 자신인지도 모른다…… 고, 깊은 것 같으면서도 하나도 안 그런 것 같은 생각을 하면서 옷을 갈아입고 현관 쪽으로 갔다.

"다녀오세요~."

배웅하러 다가온 안젤리카한테 다녀오세요 키스(볼에 하는 건 괜찮다고 생각하고 싶다)를 받고, 집에서 나왔다.

어떤 이상한 사건이 벌어지건 일을 펑크 낼 수는 없다. 돈이 필요하고, 앞으로도 연예인이라는 신분을 유지하고 싶으니까.

나는 분명히 최강이기는 하지만, 그게 세상에 알려지는 건 원하지 않는다.

만약에 내가 현대 병기를 훨씬 뛰어넘을 정도로 강하다는 게 알려지면, 제일 먼저 군사적으로 이용하려고 들지 않을까. 날 보유한 게 과잉 전력으로 간주돼서, 다른 나라와의 관계가 악화될 가능성도 있다.

왜 그렇게까지 의심하느냐 하면, 「이세계 시절에 그런 꼴을 당했으니까」라고밖에 할 말이 없다.

그래서 무슨 짓을 하건 「아~ 마술이구나」라고 해석해주는 지금 이 상황은 상당히 마음에 들었다.

엉덩이로 야구 배트를 부러트리건 수십 미터를 점프하건, 단순한 재주로 취급. 방송에서 그렇게 선전해주는 한, 나는 계속 마술사로 존재할 수 있다.

돈도 벌 수 있고, 강하다고 여겨지지도 않는다.

그래서 무슨 수를 쓰더라도 방송 관계자들과는 좋은 관계를 유지하고 싶다. 그것이 세계 평화로도 이어지고, 내 평화로도 이어지니까.

그런 스케일이 큰 건지 작은 건지 잘 모를 결의를 다지면서 버스에 탔다.

버스 안에서 꾸벅꾸벅 졸고 있었더니, 한 시간쯤 지나서 목적지에 도착했다.

후불 요금을 내고 차에서 내린 뒤에 기지개를 켜면서 주위를 둘러봤다.

매립지에 만들어놓은 근대적인 시가지.

그중에서도 가장 독특하고 특징적인 형태의 빌딩을 올려다봤다.

스미레 TV.

예능 프로그램에 강하다는 평판의 방송국이고, 나는 이 방송국에 고정 출연 프로그램을 가지고 있다.

어째서 나 같은 녀석을 자주 불러주냐고 물었더니, 요즘 시청자들을 화려하고 잘 나가는 사람이 아니라 고생하는 사람을 응원하는 경향이 있는 것 같다고 했다. 예전에는 집구석에 틀어박혀 있었다는 경력이 나한테 불리하게 작용할 거라고 생각했었는데, 오히려 요즘 TV 업계에서는 그게 무기가 된다고 했다.

그러고 보니 요즘 잘 나가는 MC들은 과거에 좌절했던 경험이 있는 사람들이 많은 것 같다. 예전에 반짝하고 끝났던 개그맨, 방구석 폐인이었던 여장 남자, 비뚤어진 아역 출신 연기자.

불황이 오래 가는 탓에, 순풍에 돛단배 같은 인생에 공감하지 못하는 사람들이 많아진 건지도 모른다.

이것저것 고찰하면서 정면 현관을 지나, 접수 카운터에서 출입 카드를 제시했다.

언제 봐도 보안이 확실한 것이, 수상한 사람이 들어올 틈 따위는 존재하지는 않는다.

그렇게 생각했지만, 일상적으로 10대 여자애들이랑 이런 짓 저런 짓을 하고 있는 내가 통과할 정도니까, 경비가 아주 허술하다고 할 수도 있다.

어제는 아야코랑 그런 짓을 저질렀고, 오늘 아침에는 안젤리카가 키스를 해줬고, 지금은 리오가 보낸 야한 셀카 사진을 받았다.

내가 제일 위험한 인간인데 간단히 통과하면 안 되잖아, 같은 자학적인 사고에 빠졌다.

그런데도 스마트폰 화면을 응시하는 걸 그만둘 수도 없으니, 난 대체 어디까지 타락한 거냐고……

젠장, 리오 이 녀석 또 학교 화장실에서 엄청난 꼴을 하고 있네. 변기에 앉은 채로 가랑이를 벌려서 팬티에 찍힌 도끼자국을 보여주려는 것 같은 포즈에다, 입에는 지금 막 벗은 느낌이 물씬 풍기는 브래지어를 물고 있다.

이 녀석 진짜 말도 안 되는 변태잖아?

법적으로 완전히 아웃이니까 삭제하고 싶지만, 그래도 이 말만은 꼭 하고 싶다.

감사합니다!

정말 감사합니다!

나는 감사하는 마음을 담아서,

『방과 후까지 그 꼴로 있어. 오늘은 하루 종일 변소 안에 틀어박혀 있는 거야. 알았지? 넌 말하는 변기 커버니까.』

라는 메시지를 보냈다.

인간성이라고는 털끝만큼도 느껴지지 않는 명령이지만, 리오는 이렇게 해주는 걸 제일 좋아하니까 어쩔 수 없다.

물론 죄악감은 잔뜩 느끼고 있다.

근본적으로 새디스트인 것도 아닌 나는, 리오를 조교하려고

할 때면 항상 우울한 기분이 든다.

분명히 그 녀석은 기뻐하겠지만, 이런 짓을 해도 되는 걸까, 하고.

솔직히 말해서 성격상 안 맞는 것 같다.

굳이 따지자면 나는 안젤리카 앞에서 아기로 돌아가는 쪽이 성격에 맞으니까. 어쩌면 그 녀석이랑은 배꼽과 배꼽이 운명의 탯줄이라는 걸로 연결돼 있는 건 아닐까, 라는 생각이 들 정도다.

······운명의 빨간 탯줄?

빨간 실 아니었나?

내가 왜 아무렇지도 않게 이런 문구가 떠오르게 된 거지?

안 되겠다.

그 녀석들이 계속 들이대고 유혹한 덕분에, 성적 취향이 급속도로 이상해지고 있는 것 같다. 파박, 하고 직각으로 진로를 변경해서 변태 코스로 곧장 달려가는 중이다.

과연 나는 원래의 건전한 20대 후반 취향으로 돌아갈 수 있을까?

이대로 가면 언젠가 정말로 불상사를 일으킬 것 같다, 라고 생각하면서 내 뺨을 두들겼다.

머리를 좀 식혀야겠다.

휴게실로 갔고, 자동판매기에서 콜라를 구입. 그걸 단번에 마셔버렸다.

진정하고 생각하자. 난 이미 아저씨라고. 30대 초반이라는 건,

세상 사람들이 보기엔 가정을 가지고 있어도 이상하지 않을 나이야.

그런 인간이 미성년자와의 스캔들이 보도되기라도 한다면, 틀림없이 분유도 못 먹고 살게 되겠지. 안제 마마는 그래 보여도 화를 내면 엄청나게 무섭다. 모유도 못 먹은 아기는 비쩍 말라서 죽는 수밖에 없다.

우리 30대 아기들한테, 연하 마마의 애정은 사활 문제다.

"응? 으응……?"

아니, 그러니까 내가 대체 무슨 생각을 하고 있는 거냐고.

몇 초 늦게 내 사고의 참상을 깨닫고, 깜짝 놀라서 무릎을 꿇었다.

나는 이미, 틀렸는지도 몰라.

리오를 조교하는 한편으로, 안젤리카한테 순조롭게 조교당하고 있는 것 같다.

……정말이지, 왜 이렇게까지 이상해져 버린 거냐고.

아무리 그래도 부자연스러운 수준 아닌가?

분명히 안젤리카한테 모성을 느끼기는 하지만, 대낮부터 응석을 부리고 싶어질 정도로 심각해지는 않았을 텐데.

──인격에 악영향을 미칠 정도의 사고 능력 저하──

문득 머릿속에 떠오른 것은 그 독가스 소동이었다. 갑자기 사람들이 착란 상태에 빠진다고 하는 의미 불명의 괴사건.

혹시 내가, 거기에 말려든 건 아닐까?

황급히 휴게실 밖으로 뛰쳐나왔더니,

"으억?!"

거기엔, 내 눈을 의심하게 만드는 광경이 펼쳐져 있었다.

"맘마아아아아."

"응애, 응애, 응애애."

방송국 스태프와 연기자들이 유아어를 말하면서 엉금엉금 기어 다니고 있었다.

다 큰 어른 남자들의 집단 유아 퇴행. 지옥 같은 풍경이란 바로 이런 것이겠지.

나는 순식간에 트위터에서 봤던 「발발 기는 축제」라는 게 뭘 말하는 건지 이해했고, 그리고 전율했다.

……이건 독가스 같은 게 아니다. 마법이다.

백치 결계.

술자의 반경 약 수백 미터 안에 있는 자들의 지력(知力)을 저하시키는 강력한 약체화 마법이다. 즉, 그렇게 멀지 않은 위치에 이세계에서 온 마법사가 있다는 뜻이다. 그것도 상당히 대단한 실력을 지닌.

이 마법을 자유자재로 다루면서 나와 인연이 있는 사람이라면, 단 한 명밖에 없다.

나는 그 녀석의 사람 됨됨이를 아주 잘 알고 있다.

기억의 조각에 그것에 관한 기척이 있었고, 모습도 떠올릴 수 있다.

그런데, 정작 중요한 이름이 생각나지 않는단 말이야.

난 누구고, 여기는 어디지.

"……젠장. 정신 차려. 난 용사라고!"

무너져가는 사고를 필사적으로 붙잡고, 생각했다.

자신에게 해주(디스펠)를 걸면 당장이라도 지력이 돌아올 것이
다.

문제는 주문을 영창하는 방법조차 잊어버렸다는 점이지만.

난 이대로 모든 것을 망각하고, 폐인이 돼버리는 걸까?

──아니.

아직 끝난 건 아니다.

내가 쓸모없다면, 다른 사람에게 부탁하면 그만이다.

안젤리카가 지난번에 레벨 업 했을 때 해주를 습득했다고 들
었다. 멀리 떨어진 곳에서 그걸 걸어달라고 하면, 이 상태에서
빠져나갈 수 있다.

나는 떨리는 손가락으로 스마트폰을 조작했다.

메신저 앱 샤인을 켜고, 안젤리카에게 SOS를 보냈다.

『나다. 큰일이 났다.』

스마트폰 사용 방법은 얼마 전에 가르쳐줬으니까, 틀림없이
읽어줄 것이다.

……부탁한다.

기도하는 심정으로 기다렸더니, 읽음 마크가 표시됐다.

답장이 늦어지는 건, 아직 조작에 익숙하지 않아서 그러는 거
겠지.

『무슨 일이세요? 아, 답장 적는 게 엄청나게 느리지만, 너그럽
게 이해해주세요.』

『안제 마마 젖 빨고 싶어.』

『네?』

아냐, 그게 아니고.

안젤리카한테 응석 부리고 싶다는 생각도 없는 건 아니지만, 지금은 그럴 때가 아니라고.

내가 전해야 할 말, 그것은——

『마마 너무 죠아아아아아.』

『저도 아빠를 정말 좋아해요. 그런데 갑자기 왜 그러세요?』

『마마 생각했더니 못 참게 돼버렸어.』

『성인 남성은 이렇게 간단히 정신연령을 내던져버리는군요. 솔직히 깜짝 놀랐어요.』

『엄마 젖 먹고 싶어. 아까 콜라 마셨지만, 엄마 모유랑 비교하면 썩은 물이야. 사람 먹을 게 아니야.』

『……뭐야…… 지금 아빠, 귀여워요…….』

『젖.』

『저기, 그렇게 드시고 싶은가요? 지금 당장은 안 나올 것 같은데, 괜찮으신가요? 먼저 저를 임신시켜야 할 것 같은데 말이죠.』

『마마 젖 먹고 싶으니까 마마 배 속에 아기 만들래.』

『이 정도로 과격한 아기는 처음 봤네요.』

나도 처음 봤어. 누구야 이 자식은. 진짜 내가 맞기는 한 거냐고.

하지만 나도 멈출 수가 없어, 더 중요한 얘기를 전해야 하는데, 너한테 응석부리는 것 말고는 머릿속에 떠오르질 않으니……!

나도 이런 짓, 하고 싶지 않은데……!

『집에 오면 바로 빨게 해줄게요~. 딴 데 들르지 말고 바로 집에 와야 해요? 엄마랑 약속한 거예요?』

『응! 바로 갈게!』

나는 스마트폰을 주머니에 집어넣고, 네 발로 엎드리는 자세가 됐다.

엉금엉금 기기 위해서.

왜냐하면 나는 조금 전에 막 미숙아로 태어난 몸.

이런 데서 놀면 안 되고, 인큐베이터로 돌아가야 한다.

그 안에서 얌전히 있으면, 안제 마마가 데리러 올 거야…….

"뭐 하시는 건가요, 나카모토 씨."

그 때.

수십 미터 정도 기어갔을 때, 눈앞에 나처럼 기어가고 있던 남자가 나타났다.

살짝 그을린 피부의 통통한 아저씨.

무엇을 숨기랴, 이 남자가 내가 출연하는 프로그램의 프로듀서다.

피부에 기름기가 번들거리는 40대 남자가 아기 같은 동작을 하고 있는 모습은, 거의 그로테스크하다고 표현해야 할 지경이었다.

"PD님이야 말로 지금 뭐 하시는 겁니까. 무릎이 다 더러워졌는데요."

아주 당연하다는 것처럼 지적을 하면서, 일어섰다

그렇다. 일어설 수, 있었다.

내가 조금 전까지 지능 저하 디버프에 걸려서 안젤리카한테 도와달라고 했던 게 생각났다.

이 술법의 사용자도 선명하게 떠올릴 수 있다.

……지력이 원래대로, 돌아왔나……?

주위를 둘러보니 다른 사람도 차례차례, 고개를 갸웃거리면서 기어가기를 중단하고 있다.

틀림없다. 약체화는 해제된 것 같다. 또는 해제되지 않은 채, 술자가 먼 곳으로 이동했을지도 모른다.

"……뭡니까 이건. 왜 다들 기어 다니고 있었던 거죠?"

방송국 스태프들을 도저히 믿을 수 없다는 표정을 짓고 있다.

당연한 일이겠지. 갑자기 직장이 광기에 휘말리면, 제일 먼저 내가 제정신인지 의심하게 될 테니까.

"이 상태면, 오늘 녹화는 중지해야겠죠."

내가 묻자, PD가 엉뚱한 소리를 했다.

"이걸 보도하면 시청률 좀 나오려나. 나오겠죠. 그거 좋네."

"……보도할 생각입니까?"

"당연하지! 이거 참 큰일이네, 설마 나 자신이 특종 소재가 될 줄이야."

시청률을 우선하는 삶의 방식도, 이 정도까지 되면 정말 훌륭하다고 해야겠지.

인간으로서는 좀 아닌 것 같지만, 방송국 사람으로서는 우수한 건지도 모른다.

나는 질리는 심정 반 감탄하는 심정 반으로 프로듀서를 보면서, 나 자신의 내면 쪽으로 의식을 기울였다. 기억 속 밑바닥에 잠들어 있는, 추억 속 세계로.

그렇구나. 그 녀석도 이쪽으로 왔구나.

예전에 파티 멤버였고, 디버프와 정신 조작 전문가.

마술사 엘린.

그 녀석이 왔다는 건, 일단 틀림없다.

지금 당장 쫓아가면 잡을 수 있을까?

……안 된다. 너무 무모해.

작전 하나도 없이 그 녀석에게 다가가면 또 지능이 떨어져 버릴 것이다.

확실한 공략법을 생각하지 않으면 그냥 일방적으로 당하기만 하겠지.

나는 고개를 젓고 회의실로 돌아갔다.

생각하는 건, 일하는 중에도 할 수 있으니까.

틀림없이 뭔가 샛길이 있을 것이다.

뭔가가…….

그 난리가 났었는데도, 오후 녹화는 평소와 똑같이 진행됐다.

역시 여기는 일본. 큰 재해가 일어나거나 말거나 직장에 출근

하라고 명령하는 나라다.

어쩌면 우리 일본인은, 이 세상이 끝나는 그 날에도 회사에서 일하고 있을지도 모른다.

정말로 그럴 것 같아서 징글징글하다고 진력을 내면서 스튜디오로 갔다.

조금 전에 있었던 유아 퇴행 사건은, 가스 누출 사고와 집단 히스테리가 조합돼서 벌어진 일로 처리한 것 같다.

그건 좀 무리가 아닌가도 싶었는데, 사람이란 자기가 믿고 싶은 대로 믿는 존재다.

이세계 사람들은 무슨 일이 일어나면 「신의 기적」이나 「악마의 소행」으로 납득했다.

그에 비해 현대인은 무슨 일이 일어나면 과학 현상과 연결해서 납득하려고 한다.

예전에는 종교가 맡고 있던 역할을 과학이 처리하게 됐을 뿐이고, 근본적인 부분은 수백 년 전부터 하나도 진보하지 않았다. 어쩌면 아무것도 없는 곳에서 도구나 문명을 만들어낸 원시인 때보다 더 퇴화한 건 아닌가 싶을 정도로.

처음에 불을 쓰는 방법을 찾아낸 원시인과, SNS에서 자기 범죄를 자랑했다가 난리가 나는 고등학생을 비교한다면, 원시인 쪽이 훨씬 똑똑하겠지.

문명 수준이 높다고 해서 꼭 똑똑하다는 건 아니고, 그 반대의 경우도 있다.

중세풍의 이세계에서 태어난 사람이라고 해도 머리가 똑똑한 사람은 엄청나게 똑똑하다.

마술사 엘린이 바로 그런 경우다.

아무래도 그 녀석은 직업이 마법사가 아니라, 종족 자체가 마법사니까.

마법사족── 순수한 인간과 비교하면 마력과 지력이 높고, 수명도 두 배 정도는 된다고 하는 종족이다. 그 대신에 체력과 근력이 많이 부족하기 때문에, 태어난 순간부터 후위직이라고 할 수 있다. 판타지 작품에 로브를 걸친 매부리코의 마녀가 흔히 나오는데, 그것과 똑같은 존재다.

하지만 겉모습이 노파가 아니라 가련한 소녀라는 점이 다르지만.

엘린은 올해로 스물여덟 살이 된다.

하지만 인간족보다 나이를 늦게 먹기 때문에, 겉모습은 실제 연령의 절반 정도로 보일 뿐이다. 파티에 가입했을 때는 10대 초반의 소녀였는데, 그때부터 외모가 거의 달라지지 않았다.

성격은…… 돌덩이처럼 말이 없는 녀석이고, 무슨 생각을 하고 있는지 잘 모를 여자였다.

대사 처음에 반드시 「……」가 들어가는 타입인, 소위 말하는 과묵계.

뭐라고 말을 걸어도 「응」이라고 대답할 뿐이고, 희로애락도 거의 없다.

하지만 딱 한 번 눈물을 보인 적이 있었는데, 그걸 원인이라고 생각하면── 날 노릴 동기라고 할 수는 있다.

역시 엘린도 날 원망하고 있는 걸까.

아니면 왕의 명령을 받고서 어쩔 수 없이 그러고 있는 걸까.

어쩌면 날 노리는 게 아니라 단순하게 필리아를 회수하러 온 건 아닐까?

이유가 뭐가 됐건, 귀찮은 상대라는 점에는 변함이 없다. 정신 상태가 멀쩡한 만큼, 필리아보다 신중하게 움직일 게 틀림없으니까.

나는 의식 대부분을 엘린에 대한 대책 쪽에 집중시키면서 녹화를 마쳤다.

이걸로 나는 내일 아침까지 자유의 몸이다.

엘린을 찾아도 되고, 집안에 틀어박혀도 되고…….

"아, 그렇지."

전투 행동을 시작하기 전에 확인해두고 싶은 일이 있었다.

나는 주머니에서 스마트폰을 꺼내서 안젤리카에게 메시지를 보냈다.

『지금 시간 괜찮아?』

여자에 관한 일은 여자한테 물어보는 게 제일이니까, 엘린의 심리에 대해 물어보려는 것이다. 그 녀석이 나를 노린다면, 그게 원인이 아닐까, 싶어서.

안젤리카는 바로 대답했다.

『정말~. 뭐예요 아빠. 또 마마한테 응석 부리고 싶어졌어요?』

……마마?

이게 무슨 소리야, 라고 고개를 갸웃거렸다.

그러고 보니 지능 저하에 걸렸을 때 스마트폰을 썼던 것 같은 기억이 없는 것도 아니기는 한데.

설마 머리가 에헤헤~ 한 상태에서 안젤리카한테 연락이라도 했었나?

그때의 기억이 너무나 애매해서 잘 모르겠다.

지난 대화 내용을 읽으면 확실하게 알 수 있을 테니까, 한번 위로 올려 볼까?

이 직전에 안젤리카가 보낸 내용이 『이 정도로 과격한 아기는 처음 봤네요』인 것도 왠지 무시무시하니까.

오한을 느끼면서 집게손가락을 세워서 화면을 스크롤시켰다.

하지만, 거의 동시에 안젤리카한테서 새로운 메시지가 들어왔기 때문에, 내 의식은 그쪽으로 향해버렸다.

『집에 오면 맛있는 밀크가 기다리고 있어요.』

『우유라도 사다 놨어?』

『집에 오면 알 거예요, 우리 아가.』

우리 아가……?

외국인들이 흔히 말하는 「사랑해 베이비~」를 그대로 우리말로 옮긴 건가?

왜 갑자기 외국인 성분을 내세우기 된 거지? 그런 기묘하다는 생각을 하면서 답장을 보냈다.

『안제한테 물어볼 게 있어.』

『뭔데요오? 마마가 조금 전까지 뭐 하고 있었는지? 물론 아빠 생각하면서, 혼자서 못된 짓 했거든요? 마마를 이렇게 만든 책임, 꼭 져야 해요.』

이 녀석 왜 대낮부터 혼자 이렇게 난리가 나 있는 건데. 뭐 평소에도 거의 이른 느낌이지만, 오늘은 문장에서까지 습기가 느껴진다고나 할까.

그만 좀 하라고, 응석 부리고 싶어지잖아.

『미안하지만 지금 잡담할 때가 아니라고. 또 저쪽 세계에서 자객이 왔거든.』

『괜찮으세요?! 어디 다친 덴 없고요?!』

『안심해, 외상은 없어. 그보다 너한테 물어볼 게 있어.』

『뭔데요?』

『적의 정신 상태에 대해서.』

『이야기라도 하셨나요?』

『그런 건 아닌데…… 길어질 것 같으니까, 전화 걸어도 될까? 문자로 입력하는 것보다 그게 편하잖아.』

『그렇겠죠』

통화 버튼을 눌러서 안젤리카의 번호로 전화를 걸었다.

"여보세요?"

『듣고 있어요. 말씀하세요.』

나는 조금 전에 있었던 기묘한 습격에 대해, 기억하고 있는 범위 안에서 설명했다.

"내가 직접 모습을 본 건 아니지만, 습격자가 누구인지 짐작은 하고 있어. ……마술사 엘린이야."

『예전에 아빠 파티 멤버였었죠?』

"그래. 그 녀석만이 쓸 수 있는 마법을 관측했으니까."

나는 체격이 작은 마녀와 주고받았던 대화들에 대해 생각했다.

"엘린은 필리아와 비교하면 어느 정도 말이 통하는 상대라고 생각하거든. 하지만 날 미워하고 있을 가능성도 있어. 난 둔해서 잘 모르겠으니까, 안제의 지혜를 빌리고 싶거든."

『……제 감이 남녀 사이의 문제라고 말해주고 있는데, 정말로 그런 건가요?』

"아마도."

『죄가 참 많은 아기네요, 정말이지.』

그 얘기 정말 오래도 가네, 라는 시시한 생각을 하면서 질문했다.

"엘린은 과묵하고 무표정한 녀석이었는데, 가끔씩 웃을 때도 있었어. 새로운 마법을 배웠을 때라든지, 다 같이 바보같이 난리를 치면서 놀 때라든지 말이야. 그런데 어느 시점을 마지막으로, 다시는 웃지 않게 됐어."

『무슨 일이 있었나요?』

"내가 엘자와 교제하기 시작했다고 말했더니 조용히 눈물을 흘렸고, 그 뒤로 다시는 웃지 않게 됐거든."

『그때, 엘린 씨가 뭐라고 했나요?』

"용사가 행복하다면, 그걸로 됐어."

『참 미묘하네요. 동료의 사랑을 축복하면서 눈물을 흘린 거라고 볼 수도 있으니까. 뭐랄까, 좀 더 구체적으로, 어떻게 만났는지에 대해서 가르쳐주실 수 있어요?』

어떻게 만났느냐고 물어보면 곤란한데 말이야.

벌써 거의 16년은 지난 일이다 보니까, 기억이 중간중간 애매한 상태거든.

나는 눈을 감고, 열심히 뇌 속을 뒤져가며 기억을 찾아냈다.

"아마…… 엘린이 예전에 소속돼 있던 파티에서 쫓겨났을 때, 내가 거둬줬었지."

『엘린 씨는 어째서 쫓겨났나요? 마법사족은 타고난 우수한 마법사일 텐데.』

"그게 말이야, 엘린은 나랑 만날 때까지 자기가 인간이라고 믿고 있었어. 버림받은 아이라서, 인간 부모가 키워줬다는 것 같았거든. 덕분에 처음 만났을 때는 클래스도 마술사가 아니라 도적이었지. 그야 당연히 쫓겨날 만도 하지. 높은 마력을 전혀 살리지 못하는 직업이었으니까."

『……자기 종족을 잘못 알았던 건가요. 왠지 엘자 씨 같네요.』

"성격도 좀 비슷했으니까. 뭐, 생김새는 하나도 안 닮았지만."

『그러니까, 그래서 엘린 씨는, 어떻게 자기 적성을 알아차리고 전직하게 된 거죠? 설마 아빠가 관련된 건가요?』

"잘도 알았네. 내가 스테이터스 감정을 했더니 마법사족이라는 게 판별됐고, 그래서 마술사가 되라고 권했지. 그랬더니 그 녀석, 엄청나게 활약하게 됐고."

『한마디로, 아빠가 엘린 씨의 재능을 발굴해줬다는 거죠?』

"그렇게 되겠지."

『안 좋은 예감이 드네요. 최악의 엇갈림 같아요.』

"무슨 소리야?"

참고로 안젤리카의 안 좋은 예감이란, 지금까지는 거의 전부 맞았었다.

이런 부분이 여자의 감이라고 하는 걸까. 여성 호르몬이 넘쳐날 것처럼 생기기도 했으니까, 여자 특유의 능력이 팍팍 작용하고 있는 건지도 모른다.

"나랑 엘린 사이에, 엇갈림이 일어났다는 얘기야?"

『그렇게 되겠죠.』

"잘 모르겠네. 그나저나 겨우 그것만 가지고도 할 수 있는 거야?"

『아빠가 자각도 없이 파티 멤버들을 전부 반하게 만든 끝에, 노예 출신 여성과 맺어져가지고 수라장을 만들었다는 얘기는, 무녀들이 있는 신전에까지도 알려져 있었거든요.』

"나에 대해서 대체 무슨 소문이 나 있는 거야……?"

남자들이 많은 동아리에 들어가서 남자들 사이를 틀어지게 만들고 박살을 내버리는 그런 여자 같은 취급인데, 그게 거의 맞는 말이라는 게 문제다.

남녀가 바뀌기는 했지만.

『아마 이런 게 아닐까~ 싶기는 한데 말이죠. 아빠, 엘자 씨랑 정식으로 사귀기 직전에, 엘린 씨 앞에서 거기에 대해서 자랑이라든지 그런 거 하셨어요? 나 진짜 예쁜 여자 만났다, 뭐 그런 얘기.』

"16년 전 일이잖아. 그런 걸 어떻게 다 기억하겠어."

『……알았어요. 그럼 어디까지나 제 추측을 바탕으로 얘기할게요.』

안젤리카는 어흠, 하고 헛기침을 한 뒤에 말하기 시작했다.

『나, 좋아하는 여자 생겼어. 자기 종족조차도 착각할 정도로 이상한 애거든. 게다가 과묵하고 무표정하다니까. 하지만 그 대신에, 가끔씩 웃으면 그 갭이 정말 미치도록 좋아』── 어때요? 엘린 씨 앞에서 이런 소리 하지 않으셨어요?』

"……안제 너 대단한데. 생각이 났다, 그거랑 거의 비슷한 대사를 말했던 것 같아. 둘이서 마법 연습하던 때였지 아마."

『엘자 씨랑 사귀기 직전에, 엘린 씨한테 그렇게 말했다는 얘기죠?』

"그런 것 같아."

엘자와 서로 좋아하게 된 뒤로는 한동안 연애에 푹 빠져버려서 헬렐레했었고, 자주 파티 멤버들한테 자랑도 했었던 기억이 있었다.

열일곱 살짜리 꼬맹이한테 처음으로 생긴 여자 친구, 게다가 극상급 미소녀를 손에 넣었으니, 그렇게 들뜨는 것도 무리는 아니다.

지금에 와서는 내가 대체 무슨 짓을 저질렀던 거냐, 라는 생각이지만, 그것 또한 청춘의 한 페이지겠지.

『아빠는 진짜 천연 소악마라니까…….』

"그거, 아저씨한테는 전혀 안 어울리는 표현이거든."

『소년 시절의 아빠한테 한 말이니까 문제없어요. 아마도 엘린 씨는 아빠가 좋아하는 사람이 자기가 틀림없다, 고 생각하지 않았을까요.』

"──뭐?"

이 녀석이 무슨 소리를 하는 거야? 라고 생각하면서 경직됐다.

내가 엘린을 좋아한다고, 생각했었다고……?

『왜요, 생각해보세요. 엘자 씨도 엘린 씨도, 자기 종족을 착각한 상태에서 아빠랑 만났잖아요. 그리고 둘 다 말수가 적은 타입이었고. 비슷하잖아요 이 두 사람. 그런데 엘자 씨 이름은 말하지도 않고「좋아하는 여자가 생겼어, 이런 애거든~」같은 소리를 팔푼이처럼 늘어놓으면, 엘린 씨를 오해하게 만들었을 우려가 있잖아요.』

"그럼 뭐야. 엘린은 내가 자기를 꼬시는 거라고 생각했다는 거야?"

『그럴 가능성이 충분하지 않을까 싶네요.』

"엘린처럼 과묵한 여자가, 그런 자의식 과잉에 빠지려나."

『자의식 과잉이 아닌 여자애는 없어요.』

단언했다.

여러 방면에서 화를 낼 것 같은 젠더 관념이다.

『혹시 저 사람이 날 보고 있는 게 아닐까? 라고 생각하면서 살아가는 게 여자라는 생물이에요. 저 같은 경우에는 아빠가 저 있는 쪽을 보기라도 하면,「또 가슴 보고 있네. 애 만들고 싶은가?」라고 생각한다고요.』

"그건 네가 이상한 거고."

분명히 빈번하게 네 젖을 훔쳐보고 있기는 하지만, 애 만들고 싶다는 생각은 해본 적도 없어.

단순히 그 젖을 먹으면서 자라고 싶을 뿐이라고. 이건 내가 이상한 거지만.

이건 진짜 다 네 탓이야, 내가 이렇게까지 이상해져 버린 건.

"얘기가 딴 데로 샜는데, 하던 얘기로 돌아가자. ……듣고 보니 엘린은, 엘자 얘기를 해주면 묘하게 기분이 좋아졌던 것 같은 생각이 나기도 해. 그걸 자기를 꼬드기는 문구라고 생각한다면, 여러모로 이해가 되는 것도 같네."

『그죠? 그 뒤에 아빠가 엘린 씨가 아니라 다른 여자랑 교제한다고 선언했으니까, 호의가 확 뒤집혀서 뼛속까지 스민 원한이 됐을 거라고요, 틀림없이. 완전히 악에 빠져서, 살의 덩어리가 됐다고 봐도 틀림없어요.』

"아무리 그래도 그건 너무 거창한 게 아닌가…… 뭐야 저 남자는, 날 좋아하는 게 아니었나, 헷갈리게. 정도로 끝나겠지."

『그렇게 깔끔하게 끝날까요? 천국에서 지옥으로 처박힌 기분일 테니까, 엄청난 적개심을 품을 것 같은데요.』

"내 같은 놈의 그런 시시한 이야기를 듣고 있는 상태가 천국일 리가 없잖아."

『아빠는 정말 아~무것도 모른다니까요.』

전화기 너머에 있는 안젤리카가 한숨을 쉬는 모습이 떠올랐다.

당연히 외국인답게 어깨를 으쓱거리는 포즈도 세트로.

『엘린 씨는 후위에 적합한 종족으로 태어났는데, 그런 줄도 모르고 도적 같은 걸 했었잖아요? 도적이란 민첩성과 근력이 중요한 전위직인데 말이죠. 틀림없이 엄청나게 힘들었을 거예요.』

"마법사족한테는 전혀 안 어울리는 직업이니까. 전에 소속돼 있던 파티에서는 엄청나게 걸리적거리기만 하는 존재였다는 것 같았거든."

『덕분에 인생의 전반기를 떨거지로 지내고 말았죠. 게다가 파티에서 추방당하고 인생 밑바닥까지 떨어져 있는 상황에서 구해 준 이성이 아빠잖아요? 그런 아빠가 뭔가 착각할 것 같은 소리를 계속하더니, 결국에는 다른 사람이랑 사귀기 시작했어요. 솔직히 말해서 미쳐버린다고 해도 이상하지 않을 상황 같거든요.』

"그런가? 빼앗겼다고 해도 말이야, 애당초 이건 실연이라고 할 수도 없잖아. 그냥 착각인데."

『입장을 바꿔서 생각해보시겠어요. 성별도 그렇고, 하나부터 열까지. 그러면 엘린 씨의 마음을 잘 알 수 있을 거예요.』

"뻔한 흐름이네. 반대라면 그건가? 나는 시원찮은 마법사족 남자고, 여자 용사가 날 거둬줬으면 어떻게 됐을까, 라고 상상하라는 거지?"

하지만 엘린은 얼굴이 예뻤으니까, 시원찮은 마법사가 아닌 것 같은데 말이야.

"나름대로 잘생긴 마법사가, 변변찮은 여자 용사한테 실연당했다고 해도 말이야. 하는 수 없지, 다른 여자나 찾아볼까, 라고 생각할 것 같은데.”

『……세계관도, 아빠가 감정이입하기 쉬운 걸로 바꿔보면 어떨까요.』

“현대 일본으로 하라고? 또 내가 여자 사장인가?”

『아빠는 그때 열일곱 살이었으니까, 학생 쪽이 더 좋지 않을까요.』

“그것도 그러네.”

……내가 학생이고…… 그리고 엘린 입장이 되면…… 어떻게 될까?

파티에서 추방당한 도적 소녀라는 걸 현대 남자로 바꾸면 어떤 처지가 되는 거지?

『준비되셨어요? 아빠는 집단 괴롭힘 때문에 학교를 중퇴한, 체격이 작은 안경 쓴 남자예요. 매일매일 할 일도 없어서, 그냥 동네나 어슬렁거리면서 살고 있죠. 주위에서는 「저런 놈이 무차별 살인마가 되겠지」라고 수군대는 상태고. 자, 이런 설정의 인물이 돼서 이미지를 떠올려보세요.』

“하지 마, 아무리 그래도 그건 너무하잖아.”

분명히 내가 파티 멤버로 받아들이기 전의 엘린은 실업 상태인 도적이었으니까, 말 그대로 범죄자 예비군이기는 했지만.

그렇다고 해도 이건 너무하잖아…….

학교로 비유하라고 해놓고는, 시작부터 학생이 아니게 돼버렸잖아.

『키도 작고, 힘도 약하고. 일할 곳도 찾지 못했고, 학교도 가기 싫고. 나 같은 건 할 수 있는 게 하나도 없는 건가. 그냥 지나가는 사람이라도 푹, 찔러버리고 교도소에 가서 공짜 밥이나 먹을까. 히히히. 라는 상황까지 몰려 있는 게 엘린 군이에요.』

"완전히 인생 막장이잖아 그 자식. 성전환을 하면 엘린이 그렇게 위험한 놈이 되는 건가."

『그런 상황까지 몰려 있었는데, 어느 날 명문 고등학교 교복을 입은 여고생이 말을 걸었어요. 「내가 말이야, 사람 보는 눈에는 자신이 있거든」이라고 말하면서 마구 들이대는 거죠.』

"어, 혹시 그 좋은 학교 다니는 여고생이 나야?"

『나라에서 예산을 주는 용사 파티니까, 학교로 비유하면 엄청난 명문고가 되겠죠? 거기서 리더를 맡은 소환 용사는, 대략 학생회장 정도가 되겠고.』

"그렇구나."

『얼굴은 수수하고 청순한 계열이지만, 몸매는 아주 음탕. 세일러복 안쪽에서 솟아올라온 두 개의 언덕 때문에 옷이 터져버릴 지경. 그런 애가 눈을 반짝반짝하면서 「당신한테는 재능이 있어. 난 알아」라면서 들이대는 거예요. 가방에 칼을 넣어두고서 그 근처를 배회하던 엘린 군은, 그냥 한방에 홀랑 넘어가 버리는 거죠.』

"나노 모르는 사이에 엽기 범죄를 방지한 건가……. 그런데 그 학생회장은 엘린한테, 대체 뭘 시키려는 거지?"

『학생회장은 말이죠, 그래요…… 경음악부예요. 자리가 비어 있던 키보드를 엘린 군한테 맡기려는 거죠.』

"음악 방면인가. 그런데 말이야, 학생회장이랑 같이 동아리 활동을 하려면 같은 학교에 다녀야 하잖아? 그건 어떻게 할 건데?"

『물론 학생회장의 권력과 재력을 동원해서 편입시켜주는 거죠. 엘린 군은 인생 막장인 사람에서 어느 날 갑자기 명문 고등학교에 다니는 엘리트 고등학생으로 인생 대역전을 하는 거라고요.』

"지켜야 할 게 생겼으니까, 이제 범죄 같은 건 못 저지르겠네."

『엘린 군은 그 뒤로 매일 동아리 활동에 푹 빠져서 살아요. 악기 같은 건 만져본 적도 없었는데, 크게 두각을 나타내는 거죠. 세상에, 절대 음감의 소유자였던 거예요.』

"대단한데 엘린."

『학생회장이 맨투맨으로 가르쳐주기도 했으니까요. 엘린 군을 자기 무릎 위에 앉히고 둘이서 키보드 연주를 한다든지, 그야말로 성심성의껏.』

"……그거 위험한데…… 연주하는 동안에 그러니까, 학생회장 가슴이 엘린의 등에 툭툭 닿을 것 같은데 말이야."

『당연히 닿겠죠.』

대체 얼마나 많은 죄를 지으려는 거야 그 학생회장은? 글래머 체형이잖아? 온 신경이 등에 집중돼서, 음악에 신경 쓸 여유가 없을 텐데?

『게다가 그 닿아 있어요~ 상태에서, 회장이 이런 소리를 해요. 「나, 좋아하는 사람이 있어. 그 사람은 계속 자기 재능을 알아차리지 못했고, 그것 때문에 엄청나게 고생한 사람인데……
나, 그 사람을 도와주고 싶어』』

"그만해…… 제발 그만 하라고……. 엘린이 착각하게 되잖
아…… 방과 후에 음악실에서 가슴을 들이대면서 그런 말을 속
삭이면, 틀림없이 자기 일이라고 생각할 거라고…… 좋아하게
된단 말이야……."

『그 사람, 과묵한 사람이거든. 사람들 앞에서 거의 웃지도 않
고. 하지만 내 앞에서는 가끔씩 웃는 모습을 보여줘. 그런 점이
좋아. ……왠지 창피하네. 미안, 못 들은 걸로 해줘』 여기서 연
주를 멈춘 학생회장이, 『아, 내일 중대 발표를 할 거야』라고 말
하고는 가버리는 거예요.』

"안 돼! 엘린은 확실하게, 자기한테 고백할 거라고 생각할 거
란 말이야!"

『예, 그래요. 엘린 군은 밤새도록 고민하느라 한숨도 못 잤어
요. ……그리고 다음 날 학교에 가서, 목격하는 거죠. 학생회장
이 처음 보는 잘생긴 남자랑, 쑥스럽다는 것처럼 손을 잡고 있
는 모습을. 학생회장은 엘린 군을 보더니, 손을 흔들면서 이렇
게 말해요. 『아, 엘린 군. 이 사람 말이야, 내 남자 친구 엘자 군.
에헤헤, 좋은 사람 같지? 그러고 보니까, 엘린 군이랑 조금 닮
은 것 같다?』』

"끄아아아아아아아아아아아아아아아아아아아아!!"

엘린 군에 감정이입하고 있던 나는, 짐승 같은 포효를 질렀다.
너무 화가 나서 스마트폰을 쥐고 있는 손이 부들부들 떨렸다.

"이젠, 무리야. 인생 막장으로 돌아간다고. 학교 안에서 대형 사고를 칠지도 몰라."

『지금 그 엘린 씨의 정신 상태가, 아마도 그거예요.』

안젤리카의 한마디에, 순식간에 현실로 되돌아왔다.

"무차별 공격이라도 저지르는 건 아닐까, 엘린. 빨리 해결하지 않으면 큰일이 벌어지겠어."

『그렇겠죠.』

안젤리카와의 통화를 마친 나는, 스마트폰을 주머니에 집어넣고 걸음을 옮겼다.

상대가 인생 막장 예비군인 이상, 무슨 일을 저지를지 모를 일이다.

일 분 일 초가 급한 사태라고 할 수 있다.

나는 빠른 걸음으로 복도를 걸어가서 방송국 건물 밖으로 나왔다

목적지는 필리아가 묵고 있는 호텔.

조금 전에 엘린은 나와 수백 미터 이내 범위까지 접근했었다. 어떻게 내가 있는 위치를 알아냈는지는 모르겠지만, 의심해야 한다면 역시 예전 동료겠지. 필리아가 모종의 방법으로, 엘린에게 정보를 흘려주고 있다고 한다면──

"……여기서 끝이라는 얘기지."

옛날에 좋아했던 여자를 처분하기 위해서 걸어가는, 마음이 내키지 않는 길.

내 발걸음은 상당히 무거웠다.

건널목을 지날 때마다 추억이 되살아난다.

인도를 걸어가면서 그만둘 이유를 찾는다.

왜 이렇게 미련이 남는 걸까, 라고 자조하면서 고개를 들었더니 나 자신과 눈이 마주쳤다.

"……."

또 한 사람의 나는 손짓발짓 해가며, 수상한 말투로 방구석 폐인 대책에 대해 떠들고 있다.

딱히 도플갱어 같은 것과 조우한 건 아니다. 옥외 전광판에 내가 나오고 있을 뿐이다.

방송 활동을 하고 있는 이상, 내가 출연하는 프로그램을 보는 일도 있다. 전혀 이상한 일은 아니겠지.

하지만, 이세계 사람에게는 다르게 느껴진다.

처음에 안젤리카는 내가 나오는 프로그램에서 상당히 위화감을 느꼈다는 것 같았고, 필리아는 「아빠가 상자에 갇혀 있어!」라면서 난리를 쳤었지.

……TV를 보는 이세계 사람?

"그래…… 이거다."

엘린은 필리아한테서 정보를 얻은 게 아니라── TV에 나온 나를 발견한 게 아닐까?

어떤 프로그램을 통해서 내가 이 나라의 수도에 있는 것 같다는 정보를 알아냈을 뿐이고, 구체적인 위치 정보는 아직 파악하지 못했다.

이렇게 해석해보면, 나를 디버프에 말려들게 하는 데는 성공했으면서도 추가 공격은 하지 않았던 것도 설명할 수 있다.

백치 결계를 쳐놓은 채로 돌아다니는 것도, 경계 태세를 유지한 채 마구잡이로 돌아다니고 있기 때문이 아닐까?

이건 그저 내가 바라는 일인지도 모른다.

필리아가 날 팔아넘겼다고 생각하기 싫어서, 억지로 나한테 좋은 방향으로만 생각하고 있는 건지도 모른다.

그래도 나는, 좋은 가능성에 걸어보고 싶었다.

너무 착한 게 아니냐고 할 수도 있지만, 이 세상의 착한 점을 응축시킨 존재가 용사라는 놈이겠지.

나쁜 점은 마왕이 담당하는 거고.

나는 육교를 건너서 호텔 현관으로 들어갔다.

고개를 슬쩍 숙이고 로비를 지나, 엘리베이터에 올라탔다.

생각에 잠겨 있었던 탓일까. 정신을 차려보니 어느새 307호 앞에 도착해 있었다.

"필리아……."

너는 이번 일과 아무 상관이 없다고, 믿고 있으니까.

어딘가 기도하는 것 같은 심정으로 문을 열었더니, 필리아가 웃는 얼굴로 날 맞이해줬다. 네글리제 어깨끈이 흘러내렸는데도 불구하고 폴짝폴짝 뛰는 모습이 왠지 강아지처럼 보였다.

"아빠! 야옹이 왔어!"

"야옹이?"

필리아가 눈을 반짝거리면서, 빨리 들어오라고 재촉했다.

"야옹이 있어!"

뭐지, 이상하게 흥분했는데.

고양이가 나오는 애니메이션이라도 보고 있었나?

시키는 대로 방 안쪽으로 들어갔더니, 필리아가 창문 쪽을 가리키면서 야옹~ 하고 고양이 울음소리를 흉내 내기 시작했다.

묘한 환각이라도 보고 있는 건지도 모른다.

……그렇겠지.

이렇게까지 미쳐버린 여자가, 스파이 같은 짓을 할 수 있을 리는 없을 거야.

안도하면서 창문 쪽을 봤더니,

"야옹."

고양이 울음소리가 들렸다.

이어서 노란 색으로 빛나는 두 개의 눈이 어둠 속에서 확, 두드러져서 보였다.

잠시 똑바로 쳐다보고, 베란다 난간에 검은 고양이가 서 있다는 걸 알았다.

"야옹이라는 게 이 녀석이었구나."

길고양이치고는 털 상태가 좋은 게, 근처에서 누가 기르던 고양이가 길을 잃고 여기까지 온 건지도 모른다.

프론트에 데려다주는 게 좋으려나, 라고 생각하면서 창틀에 손을 대려고 했을 때, 엘린의 사역마가 검은 고양이었다는 게 생각났다.

──설마.

내가 경계한 것과 동시에, 검은 고양이가 꼬리를 툭, 하고 옆으로 흔들었다.

마치 마법 지팡이를 흔드는 것처럼.

다음 순간, 유리창에 거미줄 모양으로 금이 갔고, 요란한 소리를 내면서 깨졌다.

"꺄아아악!"

위험해!

필리아의 비명 소리를 들은 순간, 몸이 제멋대로 움직였다. 나는 두 팔을 벌리고, 내 몸을 던져서 유리 조각들을 막아냈다.

……지켜줘서 어쩔 건데?

필리아 본인이 이 고양이를 불러들인 건지도 모르는데.

나 자신이 너무나 어리석다는 생각을 하며 질려 있는데, 차가운 바람이 볼을 어루만졌다.

지금 이 방과 베란다 사이에는 아무런 장벽도 존재하지 않는다.

"……오랜만이야, 용사."

마침내 검은 고양이 뒤쪽에서 체구가 작은 사람이 나타났다. 로브로 온몸을 감싸고, 머리에는 한눈에 봐도 마녀로 보이게 만들어 주는 삼각뿔 모양 모자.

틀림없는, 엘린이다.

같이 싸웠던 시절과 비교해서 하나도 달라진 게 없는, 저 어려 보이는 모습.

나는 신성검 스킬을 발동해서 오른손에 빛의 검을 생성했다.

어떻게 된 일인지, 엘린은 백치 결계를 기동하지 않은 상태.

지성이 살아있는 사이에, 승부를 내야한다—!

"……필리아. 데리러 왔어."

──그렇구나. 필리아와 이야기하기 위해서, 결계를 꺼둔 거였어.

이 좋은 기회를 놓칠 수는 없지!

의아하다는 것처럼 고개를 갸웃거리는 엘린을 향해, 혼신의 힘을 담은 일격을 날렸다.

하지만 날 끝이 엘린을 스친 순간, 내 안에 있는 젖먹이가 옹알이를 해버려서, 칼의 궤도가 크게 빗나갔다.

아무도 없는 허공을 가르고, 밸런스가 무너졌다.

"……용사는 여전히 너무 살벌. 방심할 틈이 없어."

이런…… 엘린 자식, 공격을 눈치채고 백치 결계를 쳤잖아.

틀렸다, 정상적인 사고를 못──.

응?

내가 왜, 엘린 마마한테 칼을 들이대고 있지?

…….

아, 그렇구나.

탯줄을 자르려는 거구나.

왜냐하면 나, 지금 막 태어난 신생아니까!

"마마, 나 이제 양수 먹는 거 질렸어. 모유 줘!"

"……용사…… 당신의 유아 퇴행은, 최악."

하지만 그래서 귀엽다고 말하며, 엘린 마마가 내 머리카락을 쓰다듬어줬다.

"……신성무녀는 어디? 가능하다면 그것도 회수하고 싶어."

"아우~."

"……어디에 숨겨뒀지?"

"아우~."

"······결계를 조금 완화. 이래서는 심문을 할 수 없어."

"마마?"

"······용사, 알고 있는 걸 말해. 신성무녀는 어디에 있지?"

"죽여라. 너한테 말할 건 하나도 없어."

"······엄청난 의지력. 약간이나마 지능이 돌아오면, 반항적으로 변하는구나."

엘린은 살짝 한숨을 쉬더니 주문을 외우기 시작했다.

시선은 내 눈동자에 고정한 채로.

"······예속. 개변. 수정. 나는 태양. 그대는 달."

어느새 내 입은, 내 의지와 상관없이 말을 하고 있었다.

"엘린은······ 내 태양······ 내 주인······."

몸이 마음대로 움직이지 않는다.

머리가 납덩이처럼 무겁고, 사고가 점점 뚝뚝 끊긴다.

나 자신이, 내가 아니게 되어가는 감각.

이건 틀림없이—— 마법에 의한 세뇌다.

흐릿해져 가는 의식 속에서.

마지막으로 본 광경은, 필리아가 찢어지는 소리를 지르면서, 엘린의 멱살을 쥐는 장면이었다.

"용사 공!"

······내가 잘못 들은 걸까.

필리아가 마치, 옛날에 쓰던 말투로 날 부른 것 같았다.

눈을 떠보니, 거기에 있는 것은 새하얀 천장이었다.

한가운데에는 낡은 형광등이 달려 있고, 빨간 스위치가 달린 끈이 매달려 있다.

아무래도 똑바로 누워 있는 것 같기는 한데…… 실내 인테리어가 전부 처음 보는 것들이다.

여긴 대체 어디지?

난 어떻게 된 거지?

몸을 일으키고 내 몸을 살펴봤다.

딱히 외상은 없고, 허리 아래쪽에는 이불이 덮여 있다. 바닥이 내 몸보다 낮은 위치에 있는 걸 보고, 침대 위에 있다는 걸 알았다.

배가 고픈 정도를 보면 상당히 오랫동안 여기서 잠들어 있었던 것 같다.

하지만 그 이상은 아무것도 알 수가 없었다.

여기로 오기 전에 있었던 일들이 하나도 기억나지 않는다.

나는 대체 누구였지?

"……잘 잤어? 용사."

잘 돌아가지 않는 머리로 기억을 뒤지고 있는데, 방 안쪽에서 목소리가 들려왔다.

쭈뼛쭈뼛 목소리가 들려온 쪽을 봤더니, 열 서너 살 정도 되는 여자애와 눈이 마주쳤다.

여자애는 나무로 만든 의자에 앉아 있고, 무릎 위에는 마녀가 쓰는 것 같은 삼각뿔 모양 모자를 올려놨다.

"안녕. 넌 누구지?"

어딘가 무기질적인 인상이지만 귀여운 소녀다. 눈이 커다랗고, 살결은 눈처럼 새하얗다. 머리카락은 어깨높이에서 맞춘 섀기 커트, 색은 파란색.

그렇다, 파란색 머리카락.

얼굴을 보면 외국인 같은데, 그래도 자연적으로 이런 머리카락 색이 되는 건 말도 안 된다. 일부러 파란색으로 염색한 걸까, 아니면 가발일까. ……마법사 같은 로브도 입고 있는 걸 보면, 외국에서 놀러 온 코스플레이어인지도 모른다. 이 머리카락 색과 코스튬은, 아마도 애니메이션에 나오는 마법소녀 흉내라도 낸 거겠지.

뭐야 이거, 난 정체불명의 오타쿠 소녀한테 납치당한 거야?

약간 불안해하고 있는데, 소녀가 말했다.

"……난 엘린."

짧게 자기 이름을 말하고, 소녀는 조용히 일어나서 모자를 의자 위에 올려놨다.

앉아 있던 때는 몰랐는데, 키가 작은 아이다. 150cm도 안 되는 게 아닐까?

"엘린인가. 난…… 나 자신에 대해서 거의 기억이 나질 않아. 기억상실이라는 건가."

"……아마도."

"역시나 그렇구나……."

"······그런 얼굴 하지 마. 내가 같이 있으니까."

그렇게 풀 죽은 표정을 지었는지, 엘린이 내 바로 앞까지 와서 손을 잡아줬다. 하얗고 작은, 따뜻한 손이었다.

"······나는 당신의 아내. 그러니까 아무것도 걱정할 필요 없어."

"아, 아내?"

경악해 마땅한 진실이다.

이럴 수가, 나는 중학생 정도밖에 안 되는 여자애랑 결혼한 못된 놈이었던 것 같다.

"말도 안 돼······ 내가, 로리콘이었나······."

"······괜찮아, 걱정하지 마. 나, 생긴 건 이래도 어른이니까."

"뭐?"

"······그런 종족이야."

알잖아? 라고, 엘린이 말했다(배우자니까 편하게 부르기로 했다). 파란 눈동자로, 날 똑바로 바라보면서.

이 눈을 보고 있으면, 왠지 생각이 녹아버리는 것 같은 기분이 든다.

내 정신이 덮어씌워지는 것 같은, 그런 기묘한 감각이······.

"그랬었지. 생각이 났다. 넌 엘린이고, 종족은 마법사고, 내 아내야."

"······다행이야. 이제야 원래의 케이스케로 돌아왔어."

"그렇게 부르니까 쑥스럽네."

"······하나도 쑥스러울 것 없어. 부부니까."

엘린은 볼이 살짝 발그레해져서는 확, 하고 내 품 안으로 뛰어들었다.

체중이 거의 느껴지지 않는, 작은 몸이었다.

"너, 정말로 내 아내야? 왠지 실감이 안 나는데."

"……왜 그렇게 생각해?"

엘린은 내 어깨에 턱을 얹고, 사랑스럽다는 것처럼 볼을 비벼대며 말했다.

"나, 굳이 따지자면 가슴이 크고 머리카락도 길고 키도 큰 여자를 좋아하는데 말이야. 아니, 엘린도 예쁘다고 생각하거든? 하지만, 왠지 내 취향이 아닌 것 같은 그런 느낌……?"

"……케이스케는 자기 자신도 모르고 있었을 뿐이지, 사실은 어린 여자애를 좋아했어. 당신은 뼛속까지 유아 성애자. 인정해."

"그거, 진짜 인정하기 싫은데……."

기분이 상했는지, 엘린의 목소리가 약간 험악해졌다.

기억을 잃었으니 의지할 사람은 아내밖에 없다. 그런 상황에서 갑자기 부부싸움을 벌이는 건 곤란하다.

나는 엘린을 달래주기 위해서, 세게 안아주면서 머리를 쓰다듬었다. "아아……" 하고, 기뻐하는 한숨 소리가 들려온다.

"……이거 좋아……."

"다행이네. 왠지 그럴 것 같았거든."

엘린의 귀가 점점 빨갛게 물들어간다.

표정은 거의 변화가 없지만, 의외로 솔직한 성격인지도 모르겠다.

…….

어라?

혹시 이 녀석, 엄청나게 귀여운 거 아냐?

조금 전까지는 아무 생각도 없었는데, 유부녀라는 걸 알게 되니까 엄청나게 매력적으로 보이네?

해버릴까?

나는 엘린의 어깨를 움켜쥐고 내 몸에서 떼어냈다.

"?"

그리고는 천천히 입술을 빨았다.

혀로 입안을 몇 번이나 노크해서, 부부 관계를 확인했다.

"～～～～～～?!"

엘린은 눈이 완전히 휘둥그레져서, 내 가슴을 퍽퍽 때리고 있다. 하지만 소녀의 가느다란 팔로는 저항해봤자 아무 소용이 없고, 허무하게 타액을 빨릴 뿐이다.

역시 목이 마를 때는 유부녀 즙을 빠는 게 제일이지.

과거에 혼인신고를 제출한 적이 있는 여자라고 생각하면, 그것만으로도 달콤한 맛이 나는 기분이 드는 게 정말 신기하다. 신기하다고 할까? 이거, 내가 이상한 게 아닐까? 아무려면 어때, 엘린 침은 맛있으니까.

대략 5분에 걸친, 기나긴 입맞춤.

마침내 엘린이 포기하고, 손이 축 늘어졌을 때 입술을 뗐다.

"……뭐 하는 거야?"

"부부라면 이 정도는 하잖아? 유부녀잖아?"

"……그렇긴 한데. 갑자기 이러면 곤란해."

"갑자기라도 해도 말이야, 나는 벌써 의욕이 펄펄 넘치거든."

"……의욕?"

나는 셔츠를 벗어서 침대 밑으로 던져버렸다. 지금부터 시작할 작업에 옷 같은 건 방해만 되니까.

"……케이스케?"

"어이쿠. 그 전에 화장실."

방광이 가득 찬 상태에서는 할 일도 못 하니까.

침대에서 내려와, 비틀비틀 방안을 걸어갔다.

조금 전에 엘린이 앉아 있던 자리 바로 옆에 문이 있는데, 그걸 열면 화장실에 갈 수 있는 걸까?

아니면 반대쪽에 있는 복도로 가야 하나…… 왠지 저쪽에도 방이 있는 것 같은데, 사람 맨다리가 보여서 가까이 다가가기가 무섭다.

"화장실이 어디지?"

"……복도로 나가서 바로 앞에."

"으엑, 누가 누워 있는 쪽인가. 어쩔 수 없지, 고마워."

나는 시키는 대로 갔고, 빠르게 볼일을 마쳤다.

돌아오면서 옆방을 슬쩍 들여다봤더니, 은발의 백인 여성이 바닥에 누워서 자고 있었다. 20대 후반 정도 같고, 상당한 미인이다. 복장은 요염한 네글리제고, 가슴도 엉덩이도 훌륭한 볼륨을 자랑하고 있다. 굳이 따지자면 이쪽이 내 취향에 맞는 외모였다.

저쪽이 내 아내면 좋겠다, 같은 천박한 생각을 하면서 엘린이 있는 쪽으로 돌아갔다.

"저기, 저쪽 방에 예쁜 여자가 자고 있는데, 저거 누구야?"

"……아내 앞에서 다른 여자 칭찬하지 마."

"그러지 말고 가르쳐줘. 누군데 저거."

"……그 아이는 필리아. ……그러니까…… 우리 딸."

"딸?! 아무리 봐도 서른이 다 돼 보이는데?! 우리가 대체 몇 살 때 애를 만든 거야?!

"……케이스케는 철이 든 것과 동시에 첫 사정을 했어, 성수(性獸)니까. ……말도 제대로 못 하는 주제에, 날 임신시켰어. ……생각나?"

엘린의 파란 눈동자가 윙윙하면서 이상한 힘을 내뿜었다. 이 눈을 보고 있으면, 이 녀석이 하는 말을 전부 받아들이고 싶어진다.

엘린의 말은 옳다…… 전부 다…….

"그래, 생각이 났어. 우리는 내가 만으로 세 살 때 속도위반 결혼을 했었지."

"……그래. 그걸로 됐어. 우리는 부부고, 소꿉친구. 필리아는 못된 딸."

엘린의 기분도 좋아졌으니, 바로 말을 꺼냈다.

"그런데, 말하고 싶은 게 있거든."

"……뭔데?"

"네 얼굴을 보니까 몸이 마구 달아오르거든. 한 판 할까?"

"……뭐?"

"내 아내잖아? 그럼 아무 문제도 없잖아."

"……자, 잠깐만."

엘린은 돌처럼 경직됐다.

이 녀석, 정말 유부녀 맞아? 라고 의심하고 싶어지는 반응이다.

"둘째 만들까? 만들자."

"……세뇌가 너무 심하게 먹혔어……."

"엘린?"

"……자, 잠깐만."

나는 바지를 벗어 던지면서 대답을 기다렸다.

엘린은 어떻게 하고 있느냐 하면, 얼굴이 새빨개져서 심호흡을 되풀이하고 있다.

"……알았어. ……섹…… 아내의 의무를, 다 할게."

"그렇게 나와야지."

허가가 내려졌으니, 나는 바로 엘린을 욕실로 데리고 갔다.

……갔는데, 중간에 엘린이 울음을 터뜨려버렸기 때문에, 중요한 본게임은 미수로 끝나고 말았다.

아주 심각한 소화 불량에 걸린 것 같은 결말이다.

"영문을 모르겠다니까, 왜 숫처녀 같은 반응인 건데? 너 정말로 기혼 여성 맞아?"

"……그렇지만 케이스케, 무서워…… 왜 배꼽이랑 겨드랑이인데……? 나, 이렇게 하는 건, 들어본 적 없어……."

"네 젖이랑 엉덩이가 너무 작아서 써먹을 방법이 없단 말이야! 그렇다면 배꼽이랑 겨드랑이를 가지고 노는 수밖에 없잖아?! 네가 유아 체형이라는 걸 알고는 있는 거야?!"

"……흑…… 흐윽……?!"

"아니면 전희 빼고, 바로 본편으로 들어가 버리는 쪽이 좋은 건가?"

"……그, 그쪽이 차라리 좋아."

마음을 다잡고, 등배 운동을 시작했다.

"좋았어, 오늘은 8회 연속에 도전해야지. 항상 7번쯤에서 엘자가 기절해버려서 기록을 경신하지 못했으니까. ……엘자가 누구지……? 나, 난 대체……?"

"……하반신까지 용사인 거야……?"

엘린은 새파랗게 질려서 바들바들 떨고 있다. 눈물 때문에 엉망진창이 된 얼굴과 떨리는 가느다란 팔다리를 조합해보면, 마치 갓 태어난 새끼 사슴처럼 보인다.

……뭔가 다른데.

엘린과의 대화에는 처음부터 끝까지 위화감이 따라다녔다.

내가 좋아했던 여자는 키가 더 크고 머리카락도 길고 「오늘은 10회 연속에 도전하자, 케이스케!」라고 말하면서 무시무시한 성욕을 보여주는 여자였던 것 같은데.

그리고 그 조금 뒤에, 더 젊은 여자애들이랑 동거하기 시작했던 것 같고…….

그놈들도 육욕의 화신이었던 것 같은데…….

과연 나는, 엘린처럼 담백한 여자와 살았던 걸까……?

미간을 손가락으로 누르면서 신음소리를 내고 있는데, 엘린이 걱정하는 얼굴로 날 쳐다봤다.

"……괜찮아?"

"저기. 우리 정말로 부부였어?"

"……날 의심해?"

"그런 건 아니지만 말이야."

이 여자가 오랫동안 같이 살았던 반려라는 생각이 들지 않는다. 그런데도 호의를 품고 있다는 모순이 기분 나쁘다.

내 것이 아닌 감정에, 외부에서 들어오는 것 감각이 너무나 짜증난다.

머리가, 깨질 것처럼 아프다.

"……으윽…….""

"……케이스케?"

나는 무너지는 것처럼 그 자리에 주저앉고, 머리를 감쌌다.

"……케이스케, 괴로워 보여……. 내가 할 수 있는 게 있으면 말 해."

"……그럼, 물이랑 밥을 주겠어……."

"……배가 고픈 거야?"

"그래. 먹으면 컨디션이 좋아질 것 같아."

"……여기 식료품은 없어. ……뭔가 사 올까?"

"부탁해."

"……어떤 게 먹고 싶어?"

내가 먹고 싶은 것.

몸이 안 좋은 상태라도, 위가 받아들일 수 있는 그런 것.

"초밥이랑…… 카레…… 비프스테이크……."

"……이쪽 식문화는 잘 모르겠지만, 왠지 속에 부담되는 메뉴들로 들리는데. ……먹을 수 있겠어?"

"……용사의 위장은 튼튼하니까, 문제없어. 나한테는 죽이나 마찬가지야."

"……그, 그렇구나."

"그리고, 콘돔도 사다 줘."

"……콘돔?"

배가 부르면 할 일은 하나뿐.

아까 엘린이 저항했던 이유가 「지금은 아직 일에 집중하고 싶으니까 임신하는 건 싫어」였으니까.

피임을 하면 아무 문제도 없다.

"아무 편의점에서나 파니까…… 모르겠으면 점원한테 물어보면 되고. 『콘돔 주세요』라고, 큰 소리로 말이야."

"……알았어. 잔뜩 사 올게."

살짝 고개를 끄덕이고, 엘린이 현관 쪽으로 갔다.

그리고 찰칵찰칵 자물쇠 푸는 소리가 울리고, 내 아내라고 하는 소녀가 황급히 장을 보러 나갔다.

왠지 자물쇠를 여닫는데 한참동안 고전하는 것 같은 소리가 들렸는데, 엘린은 아직 이 집에 익숙하지 않은 걸까?

의문투성이인 머리를 쥐어뜯으면서, 나는 옆방으로 이동했다.

엘린이 낳았다는 내 딸, 필리아가 있는 방으로.

지금은 조금이라도 더 많은 정보가 필요하다. 그 녀석에게 물어보면 뭔가를 알 수 있을지도 모른다.

"……그나저나, 이 녀석 부모랑 하나도 안 닮았네."

실버 블론드 색 머리카락을 바닥에 넓게 퍼트리고 똑바로 누운 채로 잠들어 있는 필리아를 봤다. 이목구비가 뚜렷한 미모는 아무리 봐도 순수한 백인 여성이다. 하다못해 눈동자 색이라도 검은 색이라면 내 피가 섞였다는 걸 믿을 수 있겠는데…….

"에잇."

스윽, 필리아의 눈꺼풀을 억지로 벌려서 눈동자 색을 확인했다.

파란색이다.

"엘린 이 자식, 바람피웠구나! 아무리 봐도 내 딸이 아니잖아, 이거!"

어디선가 백인 남자의 씨를 받아온 게 틀림없다.

웃기고 있네, 난 남의 자식 키우는 취미 없다고!

믿었던 아내에게 배신당했다는 절망감 때문에, 나는 네 발로 엎드려서 펑펑 울었다.

당연히 자는 중에 억지로 눈을 뜨게 하고, 옆에서 성인 남자가 꺼이꺼이 우는 상황에 말려들게 된 필리아는, 잠에서 깨는 수밖에 없었다. 천천히 몸을 일으키고, 곤혹스러워하는 얼굴로 날 쳐다봤다.

"……응…… 여기는……?"

"으아아아아아아아아아아아앙! 엘리이이이이이이이인! 그렇게 믿었는데! 어떻게 이런 짓을! 으허어어어어어어어어어어엉!"

"아빠…… 용사 공?"

"으아아아아아아아아아아아앙!"

"대체 무슨 일입니까, 이 난리는."

"너 같은 건 내 딸이 아니야!"

"예, 저는 용사 공의 딸이 아닙니다만…….."

필리아는 눈살을 찌푸리고 곤혹스러워하는 표정을 짓고 있다. 내가 자기 친아버지가 아니라는 걸 알고 있는 것 같은데, 엘린이 다 말해준 건가?

엄마랑 짜고서, 자기들한테 완전히 속아 넘어간 날 비웃고 있는 거야?

"……네놈들 피는 무슨 색이냐…… 나 같은 건 어떻게 돼도 좋다 이거지?! 웅?! 누가 널 키웠는지는 알고 있어?!"

"저는 수도원의 신관들 손에 자랐습니다만."

"그렇단 말이지! 항상 집에 있지도 않은 애비가 뭘 해줬냐 이 말이지! 그래, 참 웃기는 얘기다!"

"상당히 착란을 일으키고 있는 것 같군요. 아…… 엘린의 짓인가요."

필리아는 살짝 한숨을 쉬더니, 갑자기 내 얼굴을 움켜쥐었다.

그리고 내 눈을 똑바로 보면서 말했다.

"해주(디스펠)."

그 말을 들은 순간, 머릿속에서 안개가 걷히는 것 같은 기분이 들었다.

엘린을 아내라고 생각했던 나, 필리아를 딸이라고 생각했던 나, 있지도 않은 불륜 소동에 말려들었다는 슬픔── 온갖 나중에 가져다 붙인 기억과 감정들이 흔적도 없이 사라져간다.

……그러면서 방송국에서 당했던 백치 결계의 영향도 완전히 사라져버려서, 안젤리카한테 메시지를 보냈던 때의 기억까지 되살아났는데…… 엘린 이 자식이, 대체 무슨 짓을 저지른 거야?!

안젤리카는 틀림없이, 내가 아기 플레이에 눈을 떴다고 생각하고 있거든?!

집에 돌아가면 무슨 일이 벌어질지 기대돼서 미칠 지경이거든?!

"정신이 좀 드셨나요?"

좋지 않은 기대에 가슴을 부풀리고 있는데, 필리아가 차가운 눈으로 날 쳐다봤다.

"너, 평범하게 말할 수 있는 거냐……?"

"그건 제가 할 말입니다. 세뇌는 풀린 것 같군요?"

"그, 그래."

그렇다면 됐다고, 필리아가 손을 뗐다. 기분 탓인지 한심하다는 표정이었다.

"미안, 꼴사나운 모습을 보여줬네. 마법으로 엘린을 아내라고 생각하게 만들었던 것 같아."

"……그랬나요."

술법에 제대로 걸린 것 같군요, 하고. 필리아가 한쪽 볼을 씰

룩거리면서 말했다.

"좋은 일입니다. 가끔씩은 쓴맛을 보는 게 좋겠지요."

"도와주려고 한 게 아니었나?"

"예?"

"내가 당하기 직전에, 엘린한테 덤벼들었잖아."

"……그건 갑자기 의식이 돌아와서, 놀라서 몸이 움직였을 뿐입니다."

"갑자기? 난 한참 전부터 정신이 돌아와 있는 줄 알았는데."

"어, 어어어어째서 그렇게 생각하는 건가요."

"기저귀를 갈아주는 기쁨에 눈을 떠서, 계속 정신 나간 척 한 거잖아? 아니었어?"

"……저를 대체 뭐라고 생각하시는 겁니까?"

콱 죽어버려, 라고 말하는 것 같은 시선을 보내왔다.

교섭에 실패한 순간인지도 모른다.

"흥. 저를 태워버린 사내 따위, 엘린 손에 죽어버렸으면 좋겠군요."

아무래도 나한테 당했던 때의 일을 마음에 두고 있는 것 같다.

이거 큰일이네.

엘린이 돌아오면 둘이서 같이 덤벼들 가능성도 있겠어. 백치결계 하나만 해도 귀찮은데, 필리아의 시간 역행까지 동시에 공략해야 한다면…….

혹시, 정말로 막다른 골목인가?

"……빌어먹을!"

나는 반쯤 자포자기해서, 큰대자로 벌렁 누워버렸다.

"……이 상황에서 어떻게 만회하라는 거냐고……!"

"그런데 용사 공. 어째서 알몸인 겁니까?"

"응?"

그 말을 듣고서야 알았다.

그러고 보니까 나, 세뇌 당했을 때 엘린이랑 한판 하려고 팬티 하나만 빼고 홀랑 벗어버렸었지.

"똑바로 볼 수가 없습니다. 옷을 입는 게 어떻겠습니까."

"뭐야, 너, 혹시 창피해하는 거냐?"

"꼴사납다는 생각은 안 하시나요?"

"엘린 때문인데 말이야."

"……그 아이가 옷을?"

데굴, 하고 몸을 뒤집었다.

이젠 옷 입는 것도 귀찮다. 그냥 홀딱 벗은 채로 죽어버릴까. 그런 생각을 하고 있는데, 필리아가 떨리는 목소리로 물었다.

"설마…… 엘린한테 이상한 짓을 당한 건 아니겠지요?"

"이상한 짓?

몸을 반 바퀴 돌려서 필리아 쪽을 봤다.

"어떻게 된 건가요, 용사 공. 제가 자고 있는 사이에, 무슨 일이 있었던 겁니까?"

필리아는 입에 손을 대고, 심각한 표정을 지었다.

"혹시…… 엘린한테 강간이라도 당한 건 아니겠지요?"

"……."

키 작은 여자 마법사와 근육이 울끈불끈한 남자 용사의 조합에서, 후자가 성폭행 피해자일 거라고 걱정하는 사람이 과연 제정신일까.

윤리관이 엉망진창인 데다 자기 혼자 착각도 심한, 정말 대책 없는 늙다리 여자다.

하지만, 그런 기질이기 때문에 파고들 틈도 있다.

엘린을 의심하고 있다면, 내가 하기에 따라서는 둘이 손을 잡는 걸 막을 수 있을지도 모른다.

나는 살며시 눈을 감고, 일부러 가라앉은 목소리로 말했다.

"……엘린이 무서운 여자라고 생각했어."

두 손으로 얼굴을 가리고, 마치 능욕당한 마을 처녀 같은 아우라를 내뿜었다.

손가락 틈새로 슬쩍 봤더니, 필리아는 입술을 깨물고 핏발 선 눈으로 바닥을 보고 있었다.

세상에, 겨우 이런 게 통하는 거야, 이 녀석?

"……알겠습니다. 잠시 휴전하도록 하죠."

필리아는 소리도 없이 일어서더니 주먹을 꽉 쥐었다.

"엘린을 쓰러트릴 때까지는, 손을 빌려드리도록 하겠습니다."

필리아의 표정은 냉혹한 신관장의 그것으로 돌아가 있었다.

위태로움과 종이 한 장 차이인 아슬아슬한 전력.

……잘 처신하는 수밖에 없다.

나는 다리의 반동을 일어나서 벌떡 일어나서는 필리아의 손을 잡았다.

"정말 고마워. 네가 힘이 돼준다면 정말 큰 도움이 될 거야."

"착각하지 마세요. 저는 단지 엘린을 죽이고 싶을 뿐이지, 당신 편이 된 건 아니니까."

"뭐?"

"그 아이를 해치우면, 다음에는 용사 공을 죽일 겁니다. 그리고 저도 죽을 테고."

"여전하구만."

나와 같이 죽을 생각은 여전한 것 같다.

나는 씁쓸하게 웃으면서 필리아의 손을 놨다.

"그런데, 엘린은 지금 어디에 있죠."

"뭣 좀 사러 갔어. 내가 이것저것 부탁했는데…… 그러니까, 이쪽 문화에 대해 잘 모르는 엘린이니까, 다 사는 데 시간이 꽤 걸릴 것 같아. 틀림없이 겉보기 나이가 문제가 될 거야, 그래."

"어떤 것을 부탁했나요?"

"……먹을 거라든지. 아무튼 당장 돌아오지는 않을 거야."

"흐음."

필리아는 입술에 손가락을 대고 생각에 잠겼다.

"선택지는 두 가지가 있습니다. 여기서 엘린이 돌아올 때까지 기다렸다고 둘이서 맞서 싸울지. 일단 탈출해서 태세를 재정비할지."

"마법사의 아지트에서 싸우는 건 무모한 짓이지. 무슨 함정이 있는지도 모르니까, 후딱 나가자고."

"무난한 판단입니다. 그게 좋겠죠."

그렇다면 일단── 그렇게 생각하면서, 둘이서 동시에 현관 쪽을 봤다.

"저기로 나갈 수 있다면 좋겠는데 말이야."

"얌전히 내보내 줄까요."

필리아는 복도를 걸어갔고, 살며시 현관문을 열었다.

그런데 그 문 건너편은 바깥이 아니라, 내가 자고 있던 방과 이어져 있었다.

아무래도 이 집의 현관으로 나가면 침실로 가게 되어 있는 것 같다.

"이럴 것 같았어요."

그렇다면 다른 루트를 쓰면 그만이다, 라는 생각을 하고 창문 밖으로 몸을 내밀었더니 이쪽도 침실로 통하고 있었다.

"벽에 구멍을 뚫어보면?"

"해볼 가치는 있겠지."

필리아의 제안에 따라서 벽을 힘껏 걷어찼다. 이어서 태클, 박치기, 화력 마법 등등 온갖 공격을 시험해봤지만, 흠집 하나 낼 수 없었다.

"뭐야 이거, 대체 뭘로 만든 거냐고."

"화력이 부족한 것 같군요."

"이거 큰일인데. 곁에 미성년자가 없으니까 부성 스킬을 쓸 수도 없고. 대체 어떻게 해야 좋지."

"그걸 지금부터 생각해야 합니다.

"……아무튼 옷부터 입고 올게. 팬티 바람으로 머리를 쓰려니까 마음대로 안 되네."

나는 침대 주변에 던져놨던 옷들을 주웠고, 급하게 다시 입었다.

옷을 다 입은 뒤에 주머니에 있던 스마트폰을 꺼내 봤더니, 현재 시각이 오전 4시라는 게 판명.

그건 그렇다 치고…… 전파도 통하지 않아서, 인터넷도 쓸 수가 없다.

예상은 했지만 외부에 도움을 요청하는 것도 불가능해 보인다.

나는 스마트폰을 주머니 안쪽에 집어넣고 필리아 쪽으로 돌아갔다.

"뭔가 알아냈어?"

"아뇨……. 어쩔 수 없군요. 제 머리를 향해서, 마법을 쏴주시겠습니까."

"그거 가볍게? 세게?"

"최대한 세게."

"알았어."

필리아가 노리는 게 뭔지는 모르겠지만, 뭔가 생각이 있겠지.

나는 오른손에 마력을 담아서, 있는 힘껏 광탄(光彈)을 쐈다.

압축된 빛의 탄환이 필리아에게 명중했고, 폭음과 함께 두개골이 날아가 버렸다.

뇌수가 튀고, 파바박, 하고 내 얼굴에 피가 묻었다.

"필리아?"

"......."

"필리아? 이봐, 필리아? 필리아?!"

그리고 세상이 어두워졌다.

생리적인 혐오감을 수반하는 떠 있는 느낌이 시작되고, 세상이 다시 쓰여진다.

다른 사람의 손에 죽으면서, 필리아의 시간 역행 스킬이 발동한 것이다.

우리들의 의식은 몇 분 전의 세계로 날아갔고, 죽음은 없었던 일이 돼버렸다.

필리아는 아무 일도 없었다는 것처럼 현관 옆에 서서, 멀쩡한 모습으로 날 보고 있었다.

"......뭘 위해서 널 죽이게 했는지, 물어봐도 되겠어?"

"제 스킬의 성능은 알고 계시죠? 자신을 죽인 자와 함께 몇 분 전의 세계로 돌아가는 시간 이동. 그래서 몇 분 간격으로 용사공의 손에 의해서 죽으면, 저희 둘만이 무한에 가까운 장고(長考)를 할 수 있습니다."

"그거 너무 비인도적인 거 아냐."

그리고 눈앞에서 네 머리가 날아가 버리는 광경은, 한 번만 봐도 트라우마가 될 것 같거든.

그리고 완전히 악역이나 할 것 같은 발상이고. 용사와 여신관이 써도 되는 수단이 아니잖아.

"좀 더 제대로 된 방법은 없을까? 네가 죽는 꼴을 몇 번이나 보는 건 나도 싫거든."

"……그 어설픔 때문에, 언젠가 목숨을 잃을 겁니다."

그런 소리를 하면서도, 왠지 기뻐 보이는 건 기분 탓일까.

"뭐, 좋습니다. 엘린이 돌아온다고 해도, 둘이서 상대하면 그만이니까요."

"가능하다면 그 녀석하고도 안 싸웠으면 좋겠는데 말이야, 솔직한 심정으로는."

"그만 떠들고 방 안이라도 살펴보는 게 어떻겠습니까. ……하아. 그 뽑아놓은 칼날처럼 예리했던 소년 용사는 대체 어디로 가버렸는지."

"내가 좋아했던 상냥한 누나도 행방불명 됐는데 말이야. 그 대신에 무지무지 위험한 스플래터 누나가 나타났고."

투덜투덜 잔소리를 주고받으면서, 둘이서 나란히 웅크리고 앉았다.

던전 안에 갇히면 일단 바닥을 조사한다. 모험자의 기본이다. 빠지는 함정도 그렇고, 탈출구도 그렇고, 레어 아이템도 그렇고, 어지간한 것들은 발밑에 굴러다닌다.

"왠지, 둘이서 모험하던 시절이 생각나네."

"……전 이미 잊어버렸습니다."

필리아는 네발로 기면서 신발장 쪽으로 갔다. 살집이 좋은 엉덩이가 이쪽으로 향해 있는, 얼핏 보면 아주 요염한 광경이다.

하지만…… 네글리제 속에 어른용 일회용 기저귀의 선이 두드러져 있어서, 그게 다 망쳐버리고 있다.

게다가 자세히 보면 기저귀가 크게 부풀어 있는 것도 같고. 보아하니 소변을 상당히 많이 흡수한 것 같은데?

"저기, 그 기저귀 속에 말인데, 꽤 많이 쌓여있는 거 아냐?"

"기, 기저귀?!"

필리아는 깜짝 놀라서 소리를 지르고, 왼손으로 엉덩이를 가렸다.

"그러다 짓무를 것 같은데, 벗는 게 좋지 않겠어?"

"……부인을 창피하게 만들다니, 대세 무슨 속셈입니까."

"친절한 마음에서 해주는 얘기인데 말이야. 괜찮다면 내가 그 기저귀 벗기고, 음부 주위를 깨끗하게 해줄까?"

"지금 제정신인가요?"

"그게 말이야, 네 스테이터스를 감정해봤더니 기저귀를 갈아주는 데서 기쁨을 느끼고 있다, 라고 적혀 있더라고."

"대체 무슨 짓을……! 아랫도리 시중을 받고 좋아하는 성인 여성이, 대체 어느 세상에 있다는 겁니까?! 절 우롱할 셈인가요!"

"말을 그렇게 하면서도 말이야. 너, 다리를 M자 모양으로 벌리고 무릎 사이로 손을 집어넣고 있잖아. 아무리 봐도 기저귀 갈아달라는 자세로 보이거든?!"

"?! 이, 이건……?!"

이럴 수가, 필리아 본인도 놀란 것 같다. 자기 의사와 상관없이, 몸이 멋대로 움직인 건지도 모른다.

"너…… 돌봐주는 게 그렇게 좋았냐…… 이제 완전히 중독이 됐구나…….'"

"아…… 아닙니다! 이건, 그러니까…… 엘린이 제 머릿속에 손을 쓴 것이 틀림없습니다!"

필리아는 고개를 숙이고, 정말 괴롭다는 얼굴로 치욕을 견디고 있다.

아니…… 그게 아니다.

이건 수치를 참는 게 아니라, 나한테 사타구니를 씻어달라고 하고 싶은 충동을 참고 있는 게 아닐까?

만약 그거라면, 농락할 기회겠지……?

"그러고 보니까 여기, 일단 욕실은 있었거든. 샤워기도 있었고."

"그, 그게 어쨌다는 겁니까?"

"그걸로 사타구니를 씻어주면 정말 기분 좋을 것 같은데 말이야. 기저귀 속에, 엄청나게 축축하잖아?"

"!"

"손가락에 비누를 묻혀서 벅벅 씻어주는 거야. 엄청나게 개운해질 것 같은데."

"……용사 공이 군이 하고 싶다면, 거절할 이유는 없군요. 부디 직성이 풀릴 때까지 제 몸을 씻도록 하세요."

뭐, 여자 몸에 관심을 가지는 건 어쩔 수 없는 일이지, 라고 여유를 부리면서 머리카락을 쓸어 올리는 필리아.

자꾸 말하지만, 필리아는 다리를 M자 모양으로 벌리고 나한테 기저귀를 보여주는 자세다.

"너, 뭔가 착각하는 거 아냐?"

"……예?"

"내가 하고 싶은 게 아니야. 선택하는 건 너라고."

"제가……?"

"날 도와주고, 다시 동료가 되겠다면…… 몇 번이건 사타구니를 씻어주겠어. 매일매일, 수동 비데로."

"그, 그런 조건으로 왕국을 배신하라는 겁니까?!"

"전대미문이겠지. 신분도 입장도 있는 다 큰 여자가, 남자한테 아랫도리 시중을 받고 싶어서 배신하다니, 그런 얘긴 나도 들어본 적이 없어."

"그, 그렇죠? 그런 거래에 응할 리가 없습니다."

"뭘, 노인 요양을 조금 일찍 받는 거라고 생각하면 되잖아. 네 실제 연령을 생각해보면 말이야, 그쪽 세계에서라면 이제 곧 다리에 허리에 여기저기 망가질 나이니까."

"나이 얘기는 하지 말아요……."

필리아는 살짝 눈물을 글썽거렸다.

지금 그 얘기는 상당히 징그러운 성희롱이었다.

나도 반성했다.

"기억해두라고. 선택하는 건 너야."

나는 방안을 돌아다니면서 옷장 안에 있는 것들을 샅샅이 뒤졌다. 필리아의 기저귀를 벗기려면, 갈아입을 속옷이 필요하니까.

여기가 엘린의 거점인 이상, 갈아입을 옷 정도는 있을 것 같은데…….

"──역시나."

찾던 물건이, 있었다.

하늘색 스트라이프 패턴 팬티—— 소위 말하는 줄무늬 팬티다. 한쪽에 가격표가 달려 있는 걸 보면, 이쪽 세계의 가게에서 빼앗아온 물건이겠지.

뭐, 입수 경로 같은 건 됐고.

나는 줄무늬 팬티를 집게손가락에 걸고, 빙글빙글 돌리면서 필리아 쪽으로 다가갔다.

"답은 나왔어?"

"뭡니까, 그, 꼴사나운 어린아이용 팬티는……?"

"네가 갈아입을 거야. 기저귀를 벗으면, 이게 새 드레스가 되는 거지."

"어울릴 리가 없잖아요?!"

"그래. 겉보기에는 20대 후반의 백인 여성이고, 키가 160cm대 중반 정도, 게다가 7등신에 가까운 네가 애들 팬티를 입는 거야. 엄청나게 도색적인 장면이 펼쳐지겠지."

"어, 어디까지 절 모욕할 생각입니까?!"

"하지만, 애들 팬티를 입고서 연하의 이성에게 응석을 부리면, 하늘나라에 올라가는 것처럼 뿅 가는 기분일걸? 몸도 마음도 어린애로 돌아가게 될 거라고."

"……몸도, 마음도……."

나는 팬티를 더 빨리 돌리면서, 계속 말했다.

"우리는 포유류라고. 부모가 양육하는 생물이야. 그러니까 누가 키워주는 데서 쾌감을 느끼게 돼 있지. 어쩔 수 없는 일이야…… 영혼이 그렇게 만들어졌으니까."

유아 퇴행해서 안젤리카한테 응석을 부렸던 때의, 그 뭔가가 가득 채워지는 느낌.

그것이 본능에서 우러난 쾌락이었다고, 확신을 가지고 말했다.

"누구나 마음속에 갓난아기를 키우고 있어. 그 녀석의 갈증은 자신보다 젊은 이성에게 응석을 부려야만 해결되지. 나도 마찬가지야. 안젤리카가 젖을 먹여줬으면 싶고, 그 녀석 자궁에서 영원히 살고 싶다는 생각도 하고 있어."

"무슨 말인지 이해할 수가 없습니다……."

"난 널 이해하기 시작했어. ……옛날에는 너를, 기분 나쁜 누나라고 생각했지. 열세 살이나 어린 소년한테 집착하다니, 무섭잖아. 하지만 10대 마마라는 기쁨을 알게 된 지금이라면 알 수 있어. ……넌 나한테서, 쇼타 파파의 모습을 찾았던 거지?"

"……악마한테 씌우기라도 한 겁니까?!"

"나한테 씌운 건 악마가 아니야, 아기라고!"

필리아는 얼굴이 창백해져서 입을 뻐끔거리고 있다.

"인정하라고 필리아. 넌 내가, 젊은 아빠가 돼줬으면 싶은 거지? 기저귀를 갈아주고, 응석을 받아줬으면 싶은 거지?!"

"이 변태!"

"아빠한테 그게 무슨 소리야!"

나는 팬티를 바닥에 팽개치고, 발을 구르면서 소리를 질렀다.

깜짝. 필리아의 어깨가 움찔거렸다.

"……용사 공, 무섭습니다……."

"그래, 미안하다. 지금 그건 아빠가 잘못했어. 그래, 그래, 이젠 화 안 낼 테니까."

필리아의 머리를 상냥하게 쓰다듬으면서, 온화한 목소리로 물었다.

"다시 한번 물어볼게 필리아. 사타구니를 손으로 씻어주는 것과 바꿔서, 나라를 배신할 수 있겠지?"

"……."

필리아는 입을 꾹 다문 채, 고개를 끄덕였다.

"그래, 착하구나. ……이걸로 너는, 다시 내 파티 멤버가 됐어. 엘린을 쓰러트리고 이세계의 왕에게 창날을 들이대는, 친애하는 매국노님이야."

필리아가 천천히 고개를 끄덕였다.

"좋았어, 그럼 바로 사타구니를 깨끗하게 해줘야겠지."

"자, 잠시 기다려 주세요."

"뭔데?"

"……몇 가지 확인할 게 있습니다."

"말해봐."

"사타구니를 씻을 때, 아빠라고 불러도 문제없겠죠? 이, 이 생김새로 어린애처럼 굴어도, 질리지 않을 거죠?"

"상관없어. 얼마든지 동심으로 돌아가도 돼."

"……그리고, 특정한 대사를 부탁하는 것도 가능한가요? 꼭 해줬으면 싶은 말이 있습니다만."

"어떤 대사인데?"

"『필리아가 마리아보다 더 예뻐』, 라고 말하면서 씻어줬으면 싶습니다."

"마리아가 누군데."

"제 언니입니다."

"……알았어, 그렇게 할게."

"『필리아는 낯을 가리기는 해도, 마리아보다 공부를 잘하는구나. 아빠의 자랑스러운 딸이야』라고 상냥하게 미소를 지으면서 말해주고, 강한 손놀림으로 씻어주시겠습니까."

"뭔가 가정환경에 문제가 있는 것 같은데……."

깊이 캐묻지는 말아주세요, 라고. 필리아는 두 손으로 얼굴을 가리면서 애원했다. 귀는 지금 당장 불이 날 것처럼 새빨갛다.

소녀의 개인적인 문제는 웬만하면 건들지 않는 게 좋겠지.

"그럼, 갈까."

나는 필리아를 안고는 욕실로 데려갔다.

그리고 상냥하게 기저귀를 벗기고—— 아버지로서의 의무를 다했다.

【파티 멤버, 신관장 필리아의 호감도가 9999 상승했습니다.】

【신관장 필리아는 새롭게 「파더콤(기저귀)」 스킬을 습득했습니다.】

◇　◇　◇

　나는 필리아의 사타구니를 다 닦아준 뒤에 목욕 수건으로 물기를 닦아줬고, 그리고는 침실로 데려갔다.

　자, 드디어 줄무늬 팬티가 나설 차례다.

　침대 위에 똑바로 눕혀놓고, 두 다리를 번쩍 들어 올렸다.

　"관리직이면서 다리에 근육이 많네. 출세한 뒤에도 계속 운동한 거야?"

　"조아아아아아아아아아아아! 케이스케 아빠, 조아아아아아아아아아아!"

　……말이 안 통하네.

　나는 일찌감치 의사소통을 포기하고, 말없이 팬티를 발에 끼웠다.

　줄무늬 천이 하얀 종아리를 타고 슬슬 미끄러져 내려갔고, 탄탄한 근육이 가득 차 있는 허벅지를 통과해서, 마지막으로 볼륨감 있는 둔부에 도착했다.

　일본의 소녀를 상정해서 만들었을 귀여운 어린이용 팬티. 그것이 필리아의 어른 힙에, 터질 것처럼 늘어나서 걸려 있다.

　대체 왤까.

　속옷을 제대로 입혀놨는데, 아무것도 안 입었을 때보다 더 범죄 같은 냄새가 물씬 풍기는 기분이 든다.

　하지만 그런 건 보는 사람의 주관에 따라 달라지는 법이니까, 그냥 내 마음이 더러워서 그런 건지도 모른다.

설령 은발 벽안의 미녀가 기저귀 갈아달라는 포즈로 줄무늬 팬티의 바닥 쪽 부분을 보여주고 있다고 해도, 거기서 야하다는 느낌을 찾아내는 것은 개인의 마음가짐에 달린 문제니까.

로르샤흐 테스트 같은 것이다.

평범한 잉크 얼룩이라도, 사람에 따라서는 나비로 보이기도 하고 괴물 얼굴로 보이기도 한다.

필리아의 줄무늬 팬티를 입고 다리를 벌리고 있는 모습도, 심리 상태만 깨끗하다면 목가적인 광경으로 보일지도 모르니까…….

"아냐, 인류라면 누구든 야하게 보일 거야, 이건."

더 이상 변명의 여지가 없다는 걸 받아들이고, 나는 필리아에게 질문을 했다.

"아까 시스템 메시지가 표시됐는데, 새로운 스킬을 습득하지 않았어?"

"……."

필리아가 고개를 도리도리 젓고 있다. 그 스킬에 대해서는 가능한 언급하고 싶지 않은 걸까.

하지만 현재 상황을 타개하려면, 서로의 전력을 확인하는 것이 필요불가결.

"성능 정도는 가르쳐줘도 되잖아. 여기서 탈출하는 데 도움이 될지도 모르니까."

"……이상한 스킬이라서…….."

"말하기 싫으면 안 해도 돼. 스테이터스 창을 보면 되니까."

"아, 안 돼!"

"이제 와서 뭘 창피해하는데. 어린애로 돌아가서 말도 안 되는 부분을 씻어달라고 했잖아. 수치심 따위는 오래전에 다 날아갔을 텐데 말이야."

"그것과 이것은 별개입니다! 안 돼요! 뭐든지 할 테니까! 안 돼…… 보지 말아요! 제발!"

하나하나 너무 거창하다니까, 라고 한심해하면서 스테이터스 창을 열었다.

스킬 항목을 길게 눌러서 자세한 효과를 표시해봤더니──

【파더콤(기저귀)】

『파티 멤버에 연하에 부성 스킬을 가진 남성이 있으면 모든 스테이터스 상승. 또한 부친 같은 인물 앞에서 방뇨, 또는 기저귀 교체를 받는 등의 행위를 통해서 일시적으로 모든 스테이터스가 상승한다. 파더 콤플렉스, 유아 퇴행 희망, 방뇨 취미 등이 혼재된 결과로 탄생한 퇴폐적인 스킬이다.』

"……신관이 배울 스킬은 아니네."

필리아는 두 손으로 얼굴을 가리고, "죄송해요……"라고 사과했다.

"딱히 뭐라고 하는 건 아니고. 유용하기만 하면 뭐든지 좋으니까. ……으음, 마법 공격에 상당히 보정이 들어간 것 같은데, 지금의 필리아.”

“……대체 무슨 낯으로 살아가야 좋을지.”

“나랑 너만 아는 일이니까, 크게 문제는 안 될 거야.”

“용사 공이 알고 있는 게 제일 큰 문제입니다……!”

저는 당신을 좋아하거든요?! 필리아가 반쯤 화를 내면서 항의했다.

“차라리 죽여주세요!”

“넌 죽여도 다시 살아나잖아.”

훌쩍, 하고 콧물을 들이키는 필리아. 당장이라도 울음을 터트릴 것 같은 분위기다.

여기서 나갈 수 있을지 아닐지는 이 녀석의 컨디션에 달려 있는데, 그걸 알고는 있는 걸까?

“진정하자고, 난 용사잖아? 동료가 기저귀 교체 페티시즘이 눈을 떴다고 해서 싫어지지는 않으니까.”

“그건 이미, 다른 의미로 용사라고 생각합니다…….”

이러고 있는 사이에 엘린이 돌아올지도 모른다. 더 이상 시간 여유는 없다.

나는 손가락으로 필리아의 머리카락을 빗겨주면서, 마치 한 게임 한 뒤에 침대 위에서 대화를 나눌 때 같은 어조로 말을 걸었다.

“……난, 좋아하는 남자 앞에서 쉬를 싸는 필리아도 좋거든. ……어때? 날 위해서 벽을 허물어줄 거지?”

"그, 그 말을 믿으라는 건가요."

"아마도, 어지간한 남자들은 여자의 배설물에 관대할 것 같은데? 큰 쪽은 무리겠지만, 작은 쪽이라면 용서할 수 있다는 녀석들은 많지 않을까?"

"……그럼, 용사 공이 뒤에서 절 들어 올리고서 쉬~ 쉬~ 해 주는 걸 좋아한다고 해도, 싫어하지 않을 건가요?"

"미안, 그건 좀 아니다."

"봐요, 역시나!"

휙, 하고 고개를 돌렸다.

……왜 나는 이렇게 깐깐한 여자의 비위를 맞추는 것 같은 짓을 하고 있는 거지?

점점 귀찮아지고 있는데 말이야.

젊은 애가 깐깐한 건 새끼 고양이처럼 귀엽기나 하지, 네 실제 연령으로 그런 태도를 보이면, 그냥 갱년기 장애 아니겠어?

"아, 됐어, 짜증 나. 이쪽 봐."

"?"

나는 필리아의 턱을 잡고는 슥, 하고 내 쪽으로 고개를 돌리게 했고── 거칠게 입술을 빨았다.

"으으음?!"

호감도가 엄청나게 올라간 걸 확인하고 얼굴을 뗐다.

이제 조금이나마 말을 잘 듣게 됐으려나?

"이봐, 잠깐 저쪽을 향해서 마법을 쏴봐."

"머든지 하께여어."

아, 이 녀석은 이렇게 다루면 되는 건가, 라고 이해한 순간, 필리아의 손바닥에서 뻗어 나간 열선이 현관 옆에 있는 벽에 명중했다.

울려 퍼지는 굉음, 피어오르는 분진.

그렇게 해서, 그토록 견고했던 벽에 커다란 구멍이 뚫렸다.

"대단한데. 순간 화력만 보면 마왕보다 센 거 아냐?"

"뽀뽀. 한 번 더 뽀뽀."

"……."

미안, 더 이상은 맞춰줄 수 없어.

나는 묵묵히 옷을 입고, 필리아의 손을 잡고서 구멍 밖으로 나갔다.

건물에서 나온 순간, 함정이 발동해서 눈앞에 마물이 출현하는…… 그런 전개도 각오했는데,

"……눈부시다."

구멍을 빠져나왔더니 눈앞에 펼쳐진 것은, 아침 햇살을 받은 주택가였다. 전봇대가 줄지어 있고, 길가에서는 까마귀들이 쓰레기봉투를 뒤지고 있는, 어디에나 있는 일상 풍경이다.

정말 얼빠지는 일이다.

안도의 한숨을 쉬면서 주머니에 있는 스마트폰을 꺼냈다.

시간은 오전 6시.

전파가 잡힌 것 같고, 인터넷에도 연결된 것 같— 뭐야 이거?

새로 들어온 메시지가 수십 개나 있는 것 같은데, 누가 보낸

거지?

급하게 화면을 터치했더니, 내가 무사한지 걱정하는 문장들이 잔뜩 표시됐다. ……하지만 그건 전반부 쪽 이야기고, 후반으로 갈수록 내가 다른 여자와 외박하는 건 아닌지 의심하는 문장으로 바뀌었다.

보낸 사람은 전부 같은 사람. 안젤리카다.

"아∼……."

그렇구나. 어제 집에 들어가지도 못한 채로 날이 밝았으니까.

나는 『아무 일도 없었어』라고 짧게 답장을 보내고, 이 위기를 헤쳐나가려고 했다.

하지만 몇 초 만에 읽었다는 표시가 붙은 걸 보고, 사태의 심각성을 깨달았다.

혹시 안젤리카 씨, 밤새 안 주무신 건가요?

밤새도록 스마트폰 앞에 붙어 계셨나요?

『아빠 지금 어디 계세요?』

대체 어딜까.

나도 모르겠는데 말이야.

지도 앱을 켜서 현재 위치를 확인해봤다.

"으엑."

이럴 수가, 그 호텔에서 동쪽으로 수십 킬로미터나 떨어진 곳이다. 우리 집까지 거리는 추가로 몇 킬로미터. 상당히 먼 곳까지 데리고 온 것 같다.

『아무튼, 안제가 의심하는 일은 하나도 없었으니까.』

『옆에 다른 여자가 있는 건 아니죠?』

필리아는 내 팔꿈치에 가슴을 들이대는 작업을 하느라 바쁘다.

『있을 리가 없잖아. 나한테는 안제 하나뿐이거든?』

『그렇겠죠. 전 아빠 믿어요오.』

『여자가 관계된 건 사실이지만, 네가 상상하는 그런 일하고는 조금 달라.』

『예?』

『엘린이야. 조금 전까지 그 녀석한테 감금당했는데, 간신히 탈출하는 데 성공했거든.』

『괜찮으세요?! 어디 다친 덴 없고요?!』

『난 문제 없어. 아무튼 오늘은 절대로 집 밖에 나가지 마. 곧 이 동네가 전쟁터가 될 거야.』

『하지만..』

『미안, 할 일이 있으니까 이제 그만 하자. 다 끝나면 얘기해줄게.』

이런 곳에서 무방비하게 노출돼 있을 상황이 아니다. 엘린과 조우하면 전부 처음으로 돌아가게 돼버리니까.

그 녀석한테 들키지 않게 주의하면서 여기를 떠나야 한다.

하지만 우리 집까지 거리는 수십 킬로미터.

이거 꽤 즐거운 소풍이 되겠네, 라고. 쓸쓸하게 웃으면서 은폐 마법을 외웠다. 이걸로 모습은 안 보이게 되겠지만, 근본적인 해결책이라고 할 수는 없다.

"엘린에 대한 것 말인데."

"용사 공 손가락, 울퉁불퉁합니다……."

"필리아?"

"이렇게 굵은 게 들어오면, 저는……."

아무래도 손을 잡은 게 좋지 않은 일을 초래한 것 같다. 고령의 처녀에게는 자극이 너무 셌던 것 같아.

어깨를 흔들어서 정신 차리라고 했다.

필리아는 한참 동안 수컷의 감각이 어쩌고저쩌고 혼잣말을 되풀이했지만, 마침내 헉, 하고 정신을 차리고는,

"뭔가요 갑자기. 얼굴이 너무 가깝습니다."

"엘린을 어떻게 공략할지 상담하고 싶었는데, 이 상태에서는 무리려나?"

"일단 그 얼굴부터 치우세요. 용사 공은 멋지니까, 이렇게 가까운 곳에 있으면 사고가 흐트러집니다."

"그, 그래."

내가, 그렇게 남자답게 생겼나?

아주 평범한 얼굴이라고 생각하는데, 이 녀석은 왜 볼이 발그레해지는 거냐고.

취향 참 이상하다고 생각하면서도, 시키는 대로 얼굴을 치웠다.

"이제 머리가 움직일 것 같아?"

"물론이죠."

필리아는 대담하게 웃으면서 말했다.

"보나 마나 백치 결계 때문에 고생하고 있겠죠?"

"그야 당연하지. 사고력을 빼앗아가는 건 정말 귀찮으니까."

"하지만 용사 공은 이미 대항 수단을 손에 넣었을 텐데요?"

"무슨 소리야?"

"전투 감각이 아주 둔해진 것 같군요. 디버프의 개수 제한을 잊으셨나요?"

"……아."

이제야 필리아가 하려는 말을 이해했다.

마법이란 융통성이 없는 시스템이기 때문에, 다양한 제약이 존재한다.

약체 마법(디버프)의 경우에는 「동시에 일곱 개까지만 걸 수 있다」는 제한이 있다. 만약에 여덟 번째를 걸려고 하면 자동으로 무효화 된다.

"사전에 일곱 종류의 디버프를 걸어두면…… 지능 저하에 걸리지 않는 상태로 만들 수 있다"

"그런 뜻이지요."

"나는 독, 마비, 수면, 공황을 쓸 수 있으니까, 이제 세 개인가. 필리아는 뭘 쓸 수 있지?"

"마비뿐입니다. 모자란 것은 그 아야코라는 아이에게 부탁하면 되겠죠?"

"응? 아야코가 디버프를 습득한 걸 알고 있다는 애기는, 그 시점에서 이미 정신이 돌아와 있었다는 뜻인가?"

"아, 아무래도 좋지 않습니까, 그런 일은."

뭘 잡아떼고 난리야 이 녀석, 하면서 오른쪽 가슴을 주물러봤다.

"아흑…… 사, 상당히 오래전에 의식이 돌아와 있었어요!"

"으음, 솔직해서 아주 좋아."

"아으응…… 반대쪽도오……."

"왼쪽도 주물러 달라고?"

"아앙, 예에……."

침을 질질 흘리면서, 멍멍이 같은 얼굴로 애무해달라고 조르다니, 이게 말기라는 거구나.

"네 가슴은 커~다라니까. 한 번에 두 개를 다 주무르면, 손이 피곤하단 말이야."

"그, 그건…… 너무해요……."

필리아는 몸을 꿈틀거리면서, 왼쪽 가슴을 나한테 비벼대기 위해서 헛된 발버둥을 시도했다.

"다른 질문에도 대답해주겠어? 그러면 생각해볼 수도 있는데."

필리아가 어깨를 들썩일 정도로 거칠게 숨을 쉬면서 말했다.

"……뭐, 뭐가 궁금한가요."

"엘린은 어떻게 여기에 왔지? 네가 이쪽 세계로 온 이상, 대규모 전송 마법은 연속으로 쓸 수 없을 텐데."

"……말하면, 왼쪽 가슴도 예뻐해 줄 건가요?"

"돌기 부분을 잔뜩 문질러줄게."

"용사 공이 귀환한 직후에, 질 좋은 호문클루스를 대량으로 발견했어요. 그녀들이 마법진을 기동하고 있을 겁니다."

호문클루스?

아마, 인간의 정액으로 만드는 인조인간이었지.

"그놈들이, 그쪽의 새로운 전력이라는 건가."

"저기요? 분명히 말했죠? 상…… 상을 주세요……."

"하는 수 없지, 약속은 약속이니까."

나는 필리아의 왼쪽 가슴으로 손을 뻗고, 조용히 움켜쥐었다.

"……윽……."

"끝부분이 어디에 있지?"

"조, 조금 왼쪽……."

"여긴가?"

"그건 옷 주름이에요!"

"이상하네. 가출한 거 아냐, 네 젖꼭지."

"옆에에! 가슴 전체가 옆으로 흐르고 있어요, 극단적으로 크다 보면 이런 일이 일어난다고요! 좀 더 옆쪽을 수색해주세요!"

"아, 그렇구나. 조금 왼쪽으로 기울어 있는 자세니까."

손가락을 뻗어서, 출렁출렁 옆쪽 가슴을 자극해봤다.

그랬더니 한도 끝도 없는 게 아닌가 싶었던 살 속에서, 응어리 같은 걸 찾아냈다.

"이건가."

돌기 끝부분에 집게손가락을 얹고서 빙글빙글 돌려봤다.

"아~~~~~~~~."

"……네글리제 위에서 하는 건데? 그렇게 좋아?"

"아흐아아아아~~~~~ 아으아아아아아아앙~~~~!"
의사소통이 불가능해서, 예의상 2분 정도 빙글빙글 돌려봤다.

【파티 멤버, 신관장 필리아의 호감도가 5000 상승했습니다.】

그, 그래.
기뻐해 주는 것 같아서 참 다행이네.
나는 움직이지 못하게 돼버린 필리아의 어깨에 내 코트를 걸쳐줬다. 도저히 봐줄 수가 없었기 때문이다.
"……요, 용사 공."
"이번엔 또 뭔데?"
"만약 엘린과 조우하면…… 저를 방패로 써도 됩니다."
"그런 소리는 하지도 말라고, 무서우니까."
필리아는 아무렇지도 않다는 것처럼 말했다.

"괜찮아요. 전, 죽지 않으니까."

THE SKILL OF
PATERNITY

오오츠키 고서점의 외관은,

"1990년대식 저택에 1970년대식 서점이 붙어 있다."

라고 말하면 이해하기 쉬우려나.

서양식 선물에 억지로 붙여놓은 레트로한 느낌의 가게가, 이 집의 사모님이 갑작스런 변덕으로 서점 경영을 시작했다는 사연을 말해주고 있었다. 아직 대출도 잔뜩 남아 있을 텐데도 이런 마개조 리모델링을 받아들인 남편분의 마음고생은 이해하고도 남는다.

하지만 아야코의 어머니는 「딸과 똑같이 생긴 외모」라는 면죄부를 가지고 있으니까 말이야(맑고 곱게 생긴 거유 마담이다). 나 같으면 기꺼이 꼭두각시 인형이 될 테니까, 아야코네 아버지도 마찬가지겠지. 대학교수면서도 고졸 웨이트리스 출신 아가씨와 결혼한 시점에서 이미 미인계에 약하다는 걸 자백했다고 볼 수 있으니까.

……지극히 실례되는 생각을 하며, 가게 부분을 크게 빙 돌아 주택 쪽으로 갔다.

당연한 얘기지만 오오츠키 씨네 가족들은 보통 이쪽에서 생활하고 있다.

『오오츠키』라는 문패가 보였을 때, 필리아를 내려놓고 은폐(하이딩)를 해제.

"일이 귀찮아질 테니까, 넌 아무 말도 안 하는 게 좋을 거야."

"말 안 해도 알고 있습니다."

이제 아야코를 불러낼 방법이 문제인데……

아침 댓바람부터 인터폰을 누를 수도 없으니, 스마트폰으로 연락해봤다.

『안녕. 학교 갈 준비하느라 바쁠 텐데, 직접 만나서 얘기 좀 할 수 있을까.』

직후, 현관문이 힘차게 열리고, 교복 차림의 아야코가 뛰쳐나왔다.

반응이 너무 빨라서 무섭다.

"……뭐, 뭔가요…… 할 얘기가……."

헉헉, 숨을 헐떡이면서 달려오는, 블레이저 교복 차림의 미소녀.

원래는 실컷 눈 보신을 해야 할 광경일 텐데, 끝없는 공포가 느껴졌다.

호러 영화에 나오는, 하얀 원피스 입은 미인을 봤을 때의 감각과 비슷할지도 모른다. 청순한 건 처음 5분뿐이고, 그다음에는 저주받은 괴물이 돼버리는, 그런 캐릭터.

하지만 그런 속내는 가슴 속 깊은 곳에 묻어두고, 아주 진지하게 말을 걸었다.

"급하게, 약체 마법을 걸어줬으면 싶어. 쓰는 방법은 알고 있지?"

"……마법."

아야코의 시선이 슬쩍슬쩍 내 옆으로 향했다. 필리아가 신경 쓰여서 미칠 지경이라는, 그런 느낌이다.

"……저기…… 밖에 내보내도 되나요? 옷도, 네글리제 차림이고."

"설명할 틈 없어. 아무튼 나한테──."

"……사정도 모르면서, 남의 능력을 낮출 수는 없어요."

"으음."

묘한 데서 고집에 세다니까.

하지만 하는 말 자체는 맞는 말이겠지.

나는 포기하고, 지금까지 있었던 일을 말하기로 했다.

"옛날 동료한테 들키고 말았어. 나랑 필리아는, 아까까지 그 녀석한테 감금당해 있었고."

"……예?"

아야코의 얼굴에서 싸~ 하고 핏기가 빠져나가는 게 보였다.

"괜찮…… 으세요? 살인 정도까지라면 도와드릴 수도 있는데……."

살인「정도」라는 말을 하는 인간한테, 깊은 사정을 알려줘서는 안 되겠지.

나는 아야코의 어깨를 움켜쥐고 불쑥, 하고 얼굴을 들이밀었다.

"그 녀석을 이기기 위해서, 네 힘이 꼭 필요해."

"……그 사람도 마법을 쓰는군요."

"눈치가 빠르네."

"……나중에 전부, 말해주세요."

아야코는 조용히 눈을 감고 마법 주문을 외우기 시작했다.

둥실, 앞머리가 떠오르고, 온몸이 은은한 빛에 감싸였다.

"최소한의 위력으로 부탁해도 될까? 너무 약해져도 곤란하니까."

"……해볼게요."

【오오츠키 아야코는 근력 저하를 사용했다!】
【하지만 용사 케이스케에게는 소용없었다!】

윽, 이런.

내 마법 방어 능력이 너무 높아서 튕겨내 버린 것 같다.

마력을 극단적으로 억누르면 이런 폐해가 생기나 보네.

"좀 더 세게 할 수 있겠어?"

"음, 이 정도로요?"

"음~. 아직도 너무 약한데."

그러고 보니 약체 마법은 맞히는 부위에 따라서 성공률이 달라진다고 들은 적이 있다. 피부나 근육으로 지켜지는 곳에다 쓰면 별로 효과가 없다나 뭐라나.

조금 전에 아야코는 내 오른손을 향해서 마법을 쐈으니까, 그게 문제인지도 모른다.

"다음에는 급소를 노리고 써주겠어?"

"……알겠습니다."

살짝 고개를 끄덕이고, 아야코가 우아한 동작으로 몸을 숙여서는 내 사타구니에 얼굴을 들이댔다. 오해를 살 수 있는 구도지만, 이 나라의 평화가 걸려 있으니 어쩔 수 없는 일이다.

불가항력이다.

"……이 부풀어 오른 게…… 나카모토 씨의 급소라는 거죠?"

"그, 그래. 지금은 포지션이 왼쪽으로 쏠려 있으니까, 왼쪽으로 주의를 기울여줄래?"

"여기 말인가요?"

"으억?! 그렇게까지 전진수비를 할 필요는 없거든?!"

코끝이 지퍼에 닿아서 상당히 위험한 상태가 됐지만, 이 모든 것들이 전부 정의와 평화를 위한 일이다. 제발 넘어가주기를 바란다.

"그럼…… 갑니다."

【오오츠키 아야코는 근력 저하를 사용했다!】
【용사 케이스케는 공격이 10 저하됐다.】

"좋아, 계속 그렇게 부탁해. 다음엔 방어를 낮춰주겠어?"

"……저기, 그쪽은 처음이라서, 잘 못 하면 죄송해요."

【오오츠키 아야코는 방어 저하를 사용했다!】
【용사 케이스케는 방어가 1000 저하됐다.】

"죄송해요. 너무 약하게 만들었으려나요……."

"이 정도는 괜찮아. 난 원래 강도가 장난이 아니니까."

"……아, 정말이네. 아직도 이렇게나 딱딱한 게……"

아야코는 내 허벅지를 문지르면서 황홀한 표정을 지었다.

"마지막으로 민첩성도 낮춰줄 수 있겠어."

"해볼게요."

"조금 세게 해도 돼. 너무 빨라서 곤란할 지경이니까."

"……음."

아야코는 내 급소를 향해 손을 내밀고, 사랑스럽다는 것처럼 마력을 불어 넣었다.

【오오츠키 아야코는 민첩 저하를 사용했다!】

【용사 케이스케는 민첩이 40 저하됐다.】

"고마워. 딱 좋아. 역시 재능이 있다니까, 아야코는."

"……에헤헤…… 나카모토 씨를 기쁘게 해드리기 위해서라면, 뭐든지 할 수 있어요."

"뭐든지?"

"예!"

"그럼, 다음에는 필리아한테도 똑같은 걸 해줄래?"

"……예?"

자, 너도 디버프 걸어 달라고 해, 라고 말하면서 뒤를 돌아봤더니, 수라가 한 마리 서 있었다.

자세히 보니 필리아였다.

"아주 즐거우신 것 같군요."

"이제 그만 기분 풀라고."

"화 난 게 아닙니다만."

필리아를 달래면서 길을 걸어갔다.

두 사람 모두 디버프 내성이 생겼으니, 엘린의 아지트로 돌아가 볼까 했는데…….

"이럴 줄 알았다니까."

발을 멈추고, 멍하니 **공터**를 바라봤다.

무슨 마법을 썼는지는 모르겠지만, 우리를 가둬놨던 건물이, 그 부분만 도려낸 것처럼 소실돼 있었다.

"장소를 잘못 찾았을 가능성은?"

"주변 건물들은 오늘 아침하고 똑같으니까, 여기가 틀림없어. 그리고——."

공터 한복판에 덩그러니 놓여 있는 비닐봉지.

저건 엘린이 두고 간 선물이려나?

"……역시나."

안을 들여다봤더니 즉석 카레와 피임 용품, 그리고『절대로 용서 못 해』라고 적혀 있는 영수증이 들어 있었다.

"엘린 글씨야. 일단 여기에 들렀던 것 같아."

"절대로 용서 못 해? 별일이 다 있군요. 감정이 없는 그 아이가 이렇게까지 격렬하게 감정을 드러내다니."

"여러 일이 있었으니까"

"제가 눈을 뜨기 전에 대체 무슨 일들이 있었던 건가요?"

"……."

필리아는 피임 용품을 집어 들고 빤히 쳐다봤다.

"흐음. 아주 얇다, 고 적혀 있군요. 이 상자는 어디에 쓰는 건가요? 혹시 이게 그 아이를 화나게 만든 원인이 아닐까요?"

"엘린 눈앞에서, 네가 예쁘다고 말해버렸거든."

"어머나."

그건 화낼 만도 하군요, 라고 말하면서 필리아가 유쾌하다는 것처럼 미소를 지었다. 이 녀석이 이렇게까지 만족한 표정을 보는 건 처음인지도 모른다.

"하긴, 뭐, 그러니까, 그렇군요. 용사 공은 거짓말을 못 하는 분이니까요. 정말이지, 대책이 없는 사람입니다."

그렇게 말하면서, 필리아는 손가락으로 내 머리카락을 빗겨주기 시작했다. 마치 동생 머리카락을 골라주는 것 같은 손놀림이다.

"그런데 용사 공, 향후 방침은 어쩔 생각이십니까?"

"어쩌기는…… 여기서 기다려야 하지 않을까? 그 녀석의 목적은 널 회수하는 거니까, 언젠가 제 발로 찾아오겠지."

"……엘린의 입장이 돼서 생각해야 하지 않을까요?"

"그 녀석 입장?"

"부성 스킬이 없는 용사 공은 부수지도 못할 만큼 튼튼한 강도의 벽을 준비했습니다. 거기에 커다란 구멍을 뚫어놨으니…….”

"……엄청나게 경계하겠지. 그렇구나, 쉽사리 모습을 드러내지는 않겠네."

"일단 의심하는 건, 제 배반이겠죠."

하긴.

혼자서 부술 수 없는 벽이라면, 둘이 덤벼서 부쉈다고 해석하는 게 자연스럽겠지.

게다가 한 쪽이 다른 한쪽에게 홀린 상태라면…….

"남녀를 한 건물에 가둬놓고, 탈출하면 손을 잡았다는 증거로 간주한다, 그런 건가. 뭐랄까, 사귀는 남자가 바람피우는지 아닌지 실험하는 것 같네."

"……어쩌면, 처음부터 그게 목적이었는지도 모릅니다."

"엘린은 그렇게까지 비뚤어진 애가 아니라고 생각하는데 말이야."

"무슨 말을. 그 아이도 여자랍니다?"

나로서는 알 수 없는 세상이었다.

이것도 소위 말하는 여자 마음이라는 걸까.

……여자 마음.

여자 마음?

"……그래. 공격할 부분은 그거였어."

"?"

번쩍 떠오른 아이디어 때문에 짝, 하고 손뼉을 쳤다.

나와 필리아가 같이 싸우는 게 아닌지 의심하고 있다면, 차라리 최악의 형태로 실현시켜버리면 되는 것이다.

그리고 그걸, 이쪽에서 보여주면—— 엘린을 끌어낼 수 있을지도 모른다.

나는 필리아의 손을 잡고, 큰 소리로 말했다.

"그렇게 됐으니까, 결혼하자, 필리아."

"네?"

경직된 필리아에게, 몰아붙이는 것처럼 말했다.

"내가 싫어?"

"서, 서서서설마. 이쪽이야말로 기꺼이…… 어?"

허가도 받았으니까, 바로 절차를 밟도록 하자.

나는 필리아의 어깨를 안고는 주머니에서 스마트폰을 꺼냈다.

"용사 공?"

카메라 앱을 켜고, 커플 사진을 찍는다.

그리고 이 사진을 스미레 TV의 PD한테 보내기만 하면 된다.

『사진 잘못 보낸 거 아닌가요?』

이 업계는 밤에도 잠을 자지 않는 사람이 많은 탓인지, 겨우 몇 분 만에 답장이 돌아왔다.

『아뇨, 일부러 보낸 겁니다. 이런 시간에 죄송합니다. 신세 많이 지고 있는 프로그램이니까, 시청률이 나올만한 정보를 먼저 전해드릴까 싶어서요.』

『어떤 건가요?』

『사진에 있는 여성과 결혼하기로 했습니다.』

물론, 이 다음에 뭐라고 요구할지는 뻔히 알고 있다.

『꼭 저희 프로그램에서 약혼 발표를 해주세요!』

역시나 물었구나.

한참 잘 나가는 방송인과 백인 미녀의 전격 결혼.

시청률 부진 때문에 고심하는 방송 관계자라면, 무슨 일이 있어도 방송하고 싶은 미끼겠지.

이제 그 프로그램의 엘린의 눈에 들어오면, 정신을 잃고서 덤벼들 게 틀림없다.

아야코도 말했잖아.

──가장 사랑하는 남성을 다른 여자한테 빼앗기는 모습을…… 가만히 보고 있을 수 있는 여성은, 이 세상에 없어요.

실제로 알콩달콩 작전을 벌일 때, 필리아도 나랑 아야코한테 몇 번이나 끼어들었으니까.

이번에는 그걸 엘린을 상대로 하는 것이다.

못된 미소를 짓고 있었더니, 필리아가 곤혹스럽다는 얼굴로 물었다.

"저기, 반사적으로 승낙하기는 했습니다만, 어째서 이 타이밍에 프러포즈를?"

"그야 당연히──."

엘린을 질투하게 만들기 위한 위장 결혼이지!

아로 밝히고 납득하게 할 수는 없다.

"……언제 엘린 손에 죽을지 모르는 상황이 됐으니까. 미련이 남지 않게, 하고 싶었던 일을 다 해두고 싶어서."

"저와 결혼하는 게 그거라는?"

"맞아."

"……."

필리아는 눈도 깜박이지 않고 나를 보고 있다. 빨려 들어가는 게 아닐까 싶을 정도로 파란, 바다색 눈동자.

……지금 그건 좀 아니었나? 라고 약간 불안해하고 있는데 훗, 하고 필리아의 표정이 풀어졌다.

"많이 부족한 몸이지만, 잘 부탁드리겠습니다."

방송국으로 이동하는 동안, 필리아는 계속 내 어깨에 머리를 기대고 있었다. 여자 친구 행세를 넘어서, 아예 새색시 행세로 랭크 업 한 것 같다.

길을 걷기가 상당히 힘들었지만, 약혼자 행세를 하는 입장이다 보니 뿌리칠 수도 없었다.

"……드디어 이날이 왔군요."

"많이 기뻐 보이네."

당연하지 않은가요, 라는 신이 난 목소리가 돌아왔다.

사랑하고 또 사랑하는 아가씨.

하지만 나는, 그 마음에 대답해줄 수가 없다.

단순히 이 녀석이 미끼로 쓰기 딱 좋아서 이용하고 있을 뿐이다.

승리를 차지하기 위해, 여자 마음을 가지고 논다.

순박한 소년이었던 시절의 나였다면, 이런 짓은 절대로 못 했겠지.

나는 필리아가 원하는 방향으로는 성장하지 못했다.

10대 시절에 여자를 알아버렸고, 몸집은 완전히 어른이 됐다. 수염도 진한 건 아니지만 옅은 것도 아니다.

필리아가 집착하던 소년 용사는 더 이상 그 어디에도 없다.

그런데도 이 여자는 그 시절과 변함이 없는 모습을 유지하고 있다.

시간의 흐름을 비틀어서까지, 내 안에 있는 「남자아이」를 계속 요구한다.

내가 이 녀석의 인생을 이렇게 만들어버린 걸까?

문득, 머릿속에 그런 생각이 들었다.

만약 나와 만나지 않았다면, 이 녀석은 어디 시골 교회의 수도녀로서 조용히 살아갔을지도 모른다.

기도와 노동, 그리고 아이들에게 읽고 쓰기를 가르치는 데서 기쁨을 얻는, 평범한 신관으로서의 인생이 있었을지도 모른다.

"……흐음."

if의 가능성을 생각해봤자 소용없는 일이다.

나는 조금 빨리 걷기로 했다.

"그런데 용사 공."

"왜?"

"저곳이, 이쪽 세계의 교회인가요?"

필리아의 손가락은 스미레 TV의 사옥을 가리키고 있었다.

"……맞아. 끝내주는 디자인이지?"

전체적으로 번쩍번쩍하고 구체 전망대 같은 것도 달려 있기는 하지만, 교회라고 할 수도 있는 곳이다.

지금 당장 식을 올리고 싶으니까 둘이서 교회에 가자! 고 속여서 데리고 온 것까지는 좋은데, 조금 무리였는지도 모르겠다.

"지구의 문화는 잘 모르겠군요."

뭔가 앞뒤가 안 맞는 대화를 나누는 사이에, 우리는 방송국 현관을 지나고 있었다.

이어서 접수 카운터에서 신분증을 제시…… 하고 싶지만, 지금은 신분이라는 것 자체가 존재하는 사람이 같이 있으니까 말이야. 게다가 이 인간, 네글리제 위에 코트만 걸친 외국인이고.

예상대로 수상하다는 눈으로 쳐다보고 있는데, 어떻게 해야 좋을까.

여기서 대기하면 되는 건가? 라는 생각에 멍하니 서 있는데, 복도 안쪽에서 남성 스태프 몇 명이 뛰어왔다.

"지금 뭐 하는 거야, 두 사람 다 빨리 들여보내!"

절대적인 한 마디.

사원들이 그렇게 말한다면…… 이라는 눈치로 경비원이 물러났고, 그렇게 해서 필리아의 통행 허가가 내려왔다.

"죄송합니다, 사전에 분명히 말을 해 뒀는데 말이죠."

"신경 쓰지 마세요."

손을 살랑살랑 흔들면서 대기실로 갔다.

"그래서, 혹시 몰라서 확인하는 건데…… 저쪽 여성, 정말로 얼굴 나와도 되는 거죠?"

"얼마든지, 팍팍 찍으세요."

무슨 소리지? 라는 것 같은 표정을 짓고 있는 필리아 옆에서, 사전 미팅이 착실하게 진행되고 있다.

구체적인 순서는 이렇다.

나는 오늘 주간 정보 버라이어티 프로그램에 출연하고, MC로부터 내 사생활에 대한 이런저런 질문을 받는다.

그리고「결혼 생각은 없는지?」라는 질문이 나왔을 때, 방청석에 사귀는 사람이 와 있다고 밝힌다.

카메라가 필리아를 줌으로 당겨서 원샷을 잡고, 스튜디오 안의 분위기가 최고조에 도달한 순간── 프러포즈를 한다.

필리아는 눈물을 흘리면서 그 프러포즈를 받아들이고, 방청객들이 축복의 박수를 선사하는, 그런 시나리오다.

그리고 방청객들한테도 대본이 있는 건가? 라고 따져서는 안 된다. 흔히 있는 일이니까.

방청석에 있는 여성분들도 출연자의 일부라고 간주해야 한다. 제일 앞줄은 젊고 예쁜 사람들만 앉을 수 있고, 웃음소리나 환호성을 지르는 타이밍까지 전부 지시하고 있을 정도니까.

한마디로 여기는 거대한 극장이다.

그래서 필리아도 주위 사람들한테 맞춰서…… 뭐야, 왜 그렇게 둔한 얼굴인데?

"뭔가 불만이 있는 얼굴인데."

"본방 중에는 딱딱한 발음으로 이상한 말을 해달라는 부탁을 받았습니다만."

"아, 외국인한테는 전부 그렇게 요구하거든."

"……이해할 수 없습니다."

"연기라면 자신 있잖아? 정신 나간 사람 연기도 그렇게 잘 했으니까."

"그, 그건……."

"아, 스태프 분이 볼일이 있다는 것 같네."

납득할 수 없다고 말하고 싶은 것 같은 필리아를, 여성 스태프가 연행해갔다.

"뭡니까 당신들은. 의상 맞추기?! 옷 정도는 직접 고르겠습니다!"

"잔말 말고 빨리 가서 예쁘게 꾸미고 와."

네글리제 위에 바로 코트. 이건 거의 변태의 차림새니까.

스튜디오에 들어간 직후부터, 필리아는 주위 사람들의 주목을 받았다. 사람 눈을 끄는 미모 때문이기도 하지만, 스타일리스트 분들의 공도 크겠지.

빨간 하이넥 스웨터(명품 브랜드),

검은색 아우터(재킷이라고 부르면 안 되나),

아우터와 같은 색의 바텀(바지라고 부르면 안 돼?),

그리고 뭔가 엄청나게 비싸 보이는 액세서리들.

그런 것들이 상승효과를 발휘해서 「조용히 이 나라에 온 구미 지역의 셀럽입니다」라는 분위기를 물씬 풍기고 있었다.

그리고 나는 족보를 아무리 거슬러 올라가도 농가밖에 안 나오는 남자. 촌놈 냄새에 대해서는 누구한테도 안 질 자신이 있다.

아무리 봐도 도저히 어울리지 않는 커플이니까, 시청자들도 그냥 깜짝 기획이라고 생각하겠지.

아예 매스컴 관계자 분들도 그냥 관심 받으려는 거짓말이라고 생각해주면 좋겠는데, 이런 건 꼭 진지하게 취재하니까 말이야.

필리아가 무국적자라는 게 밝혀지는 것도 시간문제겠지.

……어떻게 변명을 해야 좋을까.

앞뒤 생각도 하지 않고 여기까지 오기는 했는데, 지금 상당히 위험한 줄타기를 하고 있네.

방송 관계자 여러분을 조용히 하게 만들려면, 또 곤도한테 부탁하는 수밖에 없으려나?

그렇게 폭력 조직 관련 대책법인가 하는 걸 완전히 무시하는 것 같은 생각을 하고 있는 사이에 리허설이 끝.

드디어 본방송이 시작되려고 한다.

"방송 10초전~!"

디렉터가 팔을 높이 뻗고, 손가락으로 카운트다운을 한다.

8, 7, 6.

슬쩍 방청석 쪽을 봤더니 필리아와 눈이 마주쳤다. 기대에 가득 찬 표정을 보니, 행복한 미래를 믿어 의심치 않는다는 심정이 전해졌다.

나랑 만나지 않았다면 미치지 않았을 여자. 당연하다는 것처럼 나이를 먹고, 당연하다는 것처럼 죽었을지도 모르는 여자.

······그래.

지금 이 순간만, 네 꿈을 이뤄줄게.

엘린을 끌어들이기 위해서.

미끼로 삼기 위해서.

속죄하기 위해서.

자── 시작해볼까.

나는 필리아한테서 눈을 돌리고, 카메라 쪽을 봤다.

동시에, 남자 MC가 입을 열었다.

"여러분 안녕하세요. 오늘도 이 시간이 찾아왔습니다. 자, 오늘의 게스트는······ 나카모토 케이스케 씨입니다!"

이 영상은 전국에 생중계되고 있다.

운이 좋다면 엘린이 보게 될지도 모른다.

아니, 「볼지도 모른다」 가지고는 안 되지.

무슨 일이 있어도 봐야만 한다.

그러게 위해서 할 수 있는 일은──

"나카모토 씨는 지금 나이가 어떻게 되시죠?"

"서른둘이죠."

"아~ 마침 결혼하기 딱 좋은 나이네요."

"그렇다고 해야겠죠."

"어때요, 여성들에게 인기 많지 않나요? 왜 아직 독신인가요?"

사전 미팅 때 얘기했던 대로 진행.

사회자는 슬쩍슬쩍 시계를 보면서, 대본에 따라서 토크를 진행했다. 내 여성 관계에 대해 물어보면서 중간중간 적당히 다른 이야기를 던져서, 가장 높은 시청률이 나올 수 있는 시간대까지 끌고 가는 것이다.

이 화술은 거의 예술의 경지라고 해도 되겠지.

"결혼할 생각은 없나요?"

"마음에 정해둔 사람이 있기는 합니다."

"정말요?!"

으에에에에에?! 라는 소리는 방청객에서 들려오는 목소리. 이 소리도 스태프가 지시하는 대로 내는 소리라서, 듣다 보면 오케스트라 같다는 생각도 든다.

우리는 악기다.

프로그램 하나를 움직이기 위해서, 지휘봉이 시키는 대로 움직이는 부품이다.

"그리고 오늘, 지금 이 스튜디오에 와 있습니다."

카메라가 방청석을 훑는 것처럼 비추고, 마침내 백인 여성 한 사람을 줌인해서 잡는다.

"엄청나게 미인이잖아!" "외국인이네?!" 계단식 좌석에 앉아 있는 사람들이 떠들어대는 속에, 필리아는 아무렇지도 않다는 얼굴로 고개를 숙였다.

"뭔가 할 말 있지 않나요?"

실실 웃으면서, MC가 마이크를 나한테 건네줬다.

스태프의 지시는——

『여기서 프러포즈!』

……무난한 판단이다.

하지만, 임팩트가 좀 부족해.

전국 모든 TV의 채널을, 그리고 입소문까지 전부 우리 얘기로 채워버리기에는, 아직 뭔가가 부족하다.

나는 마이크를 입가에 대고, 있는 힘껏 외쳤다.

"필리아! 이리 와!"

어라, 미팅했던 내용이랑 다른데…… 라고, 출연자들이 당황하는 속에서, 필리아가 조용한 발걸음으로 내가 있는 쪽을 향해 다가왔다.

필리아의 그 몸짓은, 수동 비데의 쾌락 때문에 조국을 배신한 여자라는 걸 믿을 수 없을 정도로 우아했다.

"어, 뭐야, 애드리브인가요?"

작은 소리로 물어보는 사회자한테 웃어 보이고, 나는 필리아를 꼭 안아줬다.

"지금까지 고생 많았지."

"?"

필리아의 얼굴은 딱 봐도 머리 위에 물음표가 떠 있는 것 같은 표정이었다. 이게 이 나라의 웨딩인가요? 같은 느낌으로.

"술김에 그러기는 했지만, 피임도 제대로 안 하고 몇 번이나,

몇 번이나…… 정말 미안하게 생각해."

"……?"

"묶고, 묶이고, 뒤집고, 포개지고, 겹치고…… 네가 너무 착하다 보니까, 뭐든지 다 해버리고 말았어……! 정말 미안해!"

야, 카메라 꺼! 라는 고함이 들려왔다.

"포, 포개요……? 짐 꾸리는 얘기인가요?"

"말하지 마, 네가 무슨 말을 하고 싶은지 다 알아. ──배 속에 있는 아기가 걱정되는 거지?"

순간, 세상이 얼어붙었다.

사회자한테서, 계단식 자리에서, 필리아의 입에서, 온갖 방향에서 "뭐?"라는 소리가 들려왔다.

뭐?

아기?

사람 좋아 보이게 생겨가지고, 뭐 하는 거야 나카모토 씨? 주위 사람들의 황당함과 경악, 그리고 호기심에 최고조에 도달한 그 때,

빠각!

하고 금이 가는 것 같은 소리가 울려 퍼졌다.

반사적으로 소리가 들려온 쪽을 봤더니, 지붕에서 기둥에 이르기까지 모조리 사선이 그려져 있었다.

선은 점점 검은색에서 하얀색으로 바뀌었고, 그것이 외부의 빛이라는 걸 알았다.

그렇다, 이건 거대한 틈새.

즉, 스튜디오를 비스듬하게 잘라버린 것이다.

"뭐야?!"

조명 스태프가 부산을 떠는 중에, 천장이 주르륵 미끄러져 떨어진다.

굉음을 올리며 파편이 떨어지고, 분진이 피어올랐다.

주위는 순식간에 소란스러워졌고, 방청객들은 비명을 지르면서 도망쳤다. 하지만 그 절규는 서서히 변질되더니, 마지막에는 기괴한 아기들 말이 되어버렸다.

──백치 결계!

"아주 화끈하게 저질렀네."

천장에 생긴 구멍 너머로, 부유하고 있는 엘린이 보였다. 주위에는 수많은 검은색 호랑나비들이 날아다니는 것이, 마치 검은 베일에 뒤덮인 것처럼 보였다.

"……용사……."

생각했던 것보다 훨씬 빠른 등장.

어쩌면 처음부터 방송국 근처에서 잠복하고 있었는지도 모른다.

"어째서 저 아이가 여기에?"

필리아가 눈살을 찌푸리고, 멍하니 엘린을 바라보고 있다. 아직 TV의 원리를 이해하지 못했기 때문에, 조금 전에 그 영상이 엘린을 끌어들이기 위한 짓이라는 건 생각도 못 하고 있겠지.

"왜 굳이 교회를 파괴해서…… 아?! 지금 그건 설마, 축포?!"

"아니라고, 아무리 봐도 습격이잖아! 빨리 결계를 치든지 뭘 하든지 좀 하란 말이야!"

"용사 공을 지키면 되나요?"

"저기서 엉금엉금 기어 다니고 있는 일반인들을 지켜야지! 유탄에 맞아서 죽기라도 하면 어쩔 거야!"

"하아. 이것도 아내가 해야 할 일인가요."

필리아는 귀찮다는 것처럼, 그러면서도 어딘가 만족스러운 얼굴로 고개를 끄덕였다.

대조적으로, 공중에 있는 엘린은 입술을 꽉 깨물었고, 눈가는 새빨갛게 퉁퉁 부어 있었다.

"얼굴이 보기 좋은데, 엘린."

날 죽이고 싶어서 미칠 지경이라는, 그런 눈이다.

백치 결계가 먹히지 않는 시점에서 후퇴해야 할 텐데, 화가 나서 제정신이 아닌 게 틀림없다.

"……최악…… 용사도 필리아도, 최악…….."

눈물 섞인 목소리로 쥐어짜는 저주의 말.

그래, 엘린. 그대로 공격하라고.

최대의 무기를 봉인 당한 상태에서 무모한 돌격을 시도하는 거야.

시선으로 도발했더니, 엘린이 쥐어짜는 것 같은 목소리로 말했다.

"……그런 짓을 해놓고, 필리아랑 결혼이라니……. 그런 거, 처음, 이었는데……!"

"그런 짓? 내가 뭘 했었지?"

"……내 겨드랑이랑 배꼽에 한 짓, 잊어버린 건 아니겠지."

"그건 어쩔 수 없는 일이잖아?!"

그때는 이 녀석한테 세뇌당해서, 배우자라고 굳게 믿고 있었으니까.

전부 네 탓이잖아?!

"겨드랑이? 저 아이 겨드랑이에 뭘 한 건가요?"

옆에서 필리아가 끼어들었지만, 어떻게 대답해도 치명상이 되니까 끝까지 못 들은 척 했다.

"겨드랑이 따위는 상관없잖아! 그것보다 지금은 하고 싶은 게 있는 것 아닌가?! 나한테 마법을 날린다든지! 주위를 파괴한다든지! 여러 가지가 있잖아?!"

나는 아주 진지한 말투로 엘린에게 그렇게 말했다.

제발 부탁이니까 다른 얘기를 해줘.

"……끼우고, 문지르고, 발라놓고, 다른 여자랑 결혼이라니……."

"겨드랑이 가지고는 혼인 의무가 발생하지 않거든?! 거기서 발생하는 건 땀이랑 냄새뿐이라고!

"……아직도, 감촉이 남아 있어…… 미끈한, 용사가 닿는 감촉……."

엘린은 눈물을 뚝뚝 흘리면서 자기 겨드랑이를 문질렀다.

그것 때문에 결국 수라장이 벌어졌다.

"겨드랑이로 대체 뭘 한 건가요?!"

필리아가 내 어깨를 붙잡고 덜컥덜컥 흔들어댔지만, 그래도 모른 척했다. 여기까지 왔으면, 천지가 뒤집히더라도 끝까지 잡아떼는 수밖에 없다.

인정하면 지는 거다.

슈레딩거의 고양이라고 하는 유명한 사고 실험을 생각해보자. 관측자가 상자를 열 때까지 고양이의 생사는 결정되지 않는다는 그것.

불륜도 비슷한 것이라서, 사실 들킬 때까지는 불륜이 아니다.

들키기 전까지는 해버렸다는 상태와 안 했다는 상태가 동시에 존재한다.

여자 친구에게 증거물을 관측당해서 「했습니다」라고 죄를 인정한 순간에 불륜이라고 결정되는 거니까, 슈레딩거의 여우같은 #녀… 어쩌구라고 불러야 될지도 모른다.

물론 이건 그냥 내 맘대로의 말도 안 되는 논리일 뿐이고, 물리적으로는 그냥 엉망진창이다.

나는 어디까지나 남자의 심리 상태에 대해 말하고 있을 뿐이다.

솔직히 말해서 혼란에 빠져 있는 것이다.

나는 "아, 아무것도 안 했거든. 엘린 쟤가 정신이 이상해져서 그러는 건가?"라면서 시치미를 떼면서 필리아의 추궁을 회피했다.

더 이상 피할 곳이 없는 상황이지만, 엘린의 눈에는 사이좋게 부부싸움이라도 하는 것처럼 보였는지, 분노의 볼티지가 더더욱 상승했다.

"……그렇게…… 보란 듯이……!"

그 말을 계기로, 싸움이 시작됐다. 엘린이 주문을 외우기 시작한 것이다.

드디어 때가 됐다는 것처럼, 나도 전투 모드로 이행했다. 필리아도 어쩔 수 없이 임전 태세에 들어갔지만, 아직도 뭔가 하고 싶은 말이 있는 것 같은 얼굴이다.

최대한 격렬하게 싸워서 흐지부지하게 만들어버리는 수밖에 없다.

정말 답이 없는 결의를 다지면서, 주먹을 꽉 쥐었다.

"……죽어!"

엘린이 오른손을 내리치는 데 맞춰서, 수직으로 날아올랐다.

그래봤자 마법사. 가까이 파고 들면 그만이다.

목표는 얼굴. 오른손에 마력을 담아서, 혼신의 일격을 날린다.

──좋았어!

명중을 확신한 그 순간, 나비 무리가 거대한 마법진을 만들었고, 나와 엘린 사이에 거대한 장벽을 생성했다.

"억?!"

까앙! 주먹이 튕겨 나가고, 오른팔에 묵직한 충격이 울렸다.

엘린은 대미지가 들어간 기색도 없이, 아무렇지도 않은 얼굴로 날 내려다보고 있다.

벌레가 마법을 외웠다고?

중력에 따라 낙하했더니, 부드러운 감촉이 날 받아줬다.

꼼꼼하게 출력을 조정한, 마법 쿠션.

필리아가 친 결계다

"고마워! 계속 그렇게 부탁해."

"엘린이랑 무슨 일이 있었는지, 나중에 전부 듣도록 하겠어요."

"⋯⋯."

"그때까지는 죽으면 안 됩니다."

"⋯⋯⋯⋯."

"자, 전투에 집중하세요."

"⋯⋯응."

대화를 끝내고, 전황 분석에 들어갔다.

아까 그 호랑나비들은 마법 장벽을 만들었다.

아무리 그래도 곤충의 지능으로 할 수 있는 일의 범위를 뛰어넘었으니까, 엘린이 조종하고 있다는 건 확정이겠지.

사역마에게 자아를 주는 정도야, 마법사한테는 식전 해장거리도 안 되는 일이다.

그렇다면.

"⋯⋯또 저러고 있어!"

화가 난 목소리와 함께 날아온 마법탄을 백 스텝으로 회피. 그 기세를 살려서, 구르는 것처럼 카메라 뒤쪽 공간으로 뛰어들었다.

내 목표는 이거, 뒤풀이용 맥주다.

재빨리 깡통들을 집어 들고 발밑에 늘어놨다.

그러는 사이에 나비 무리가 날 완전히 포위했지만, 어리석은 선택이다.

【용사 케이스케는 MP를 295 소비. 신성검 스킬을 발동. 공격력 350% 상승.】
【영체, 악마, 언데드에 대해 특효 상태가 됩니다.】

오른손에 빛의 검을 생성. 맥주 캔을 찢어서 내용물을 나비 떼한테 뿌려버렸다.

곤충은 몸에 알코올이 닿으면 질식한다고 들었다.

즉, 사역마와 감각을 공유하고 있는 엘린은, 수백 개나 되는 육체가 죽는 고통을 맛보게 된다―!

"―!"

기대했던 대로, 효과는 절대적.

호랑나비 무리는 차례로 낙하했고, 엘린도 크게 균형을 잃었다.

이게 작은 동물들을 조종하는 위험 부담이다. 적 앞에서 약한 생물과 오감을 공유하는 건, 악수라는 말 외에는 표현할 방법이 없다.

평소의 엘린이라면 이런 실수를 저지르지 않았을 텐데.

너무 화가 나서, 냉정함을 잃었기 때문이겠지.

"……용사……."

사역마의 베일이 벗겨진 엘린은, 괴로워하는 표정을 지으며 고도를 높였다.

일단 물러나서 태세를 재정비할 생각일까?

아니── 아니다.

상공 수십 미터 정도에서 멈추고 손바닥을 이쪽으로 내미는 저 자세는, 큰 기술의 준비 태세다.

온몸을 뒤덮는 스파크, 지상에서도 느껴질 정도로 엄청난 에너지.

틀림없다. 엘린의 비장의 카드, 극광 마법(플레어)의 예비 동작이다.

"……이건 좀 너무하잖아."

플레어. 그것은 무속성 마력을 응축해서 만든 전술급 공격 마법이다. 높은 레벨의 술자가 사용하면 지형이 달라질 정도의 위력을 발휘한다고 한다.

한마디로 저 녀석은, 여기에 마법으로 만든 수소폭탄을 투하하려는 것이다.

어쩌지?

발사하기 전에 격추하는 건…… 무모한 일이다.

지금 엘린은 손끝에 막대한 에너지가 모여 있는, 폭탄이 하늘에 떠 있는 것 같은 상태다. 함부로 자극하면 생각지도 못한 타이밍에 폭탄이 터져버릴 우려가 있다. 공격 마법으로 엘린을 저격한 결과, 시체가 지상으로 떨어진 뒤에 대폭발, 같은 사태가 일어날 수 있는 것이다.

그렇다면, 일단 저 마법은 쏘게 두는 쪽이 좋겠지.

따라서 이 상황에서 취할 수 있는 최선책은,

『나를 향해서 날아오는 플레어를 정면에서 어떻게든 한다』

──이다.

그야말로 용사다운 계획 아니겠어.

정말이지.

나 혼자 살아남는 건 아주 간단하지만, 희생자가 나오지 않게 움직이려면 난이도가 엄청나게 올라간다니까.

하다못해 부성 스킬이라도 발동할 수 있다면, 이라는 생각에 주위를 둘러보다가, 어디서 많이 본 얼굴들을 발견했다.

"아빠?!"

"······나카모토 씨?!"

안젤리카와 아야코가, 파편 뒤에 웅크리고 있었다.

"그게 말이죠. 아까 우연히 방청석에서 만났거든요······."

"······저도······ 그래요."

평범하게 말을 하네.

······그렇구나. 엘린이 고도를 높인 덕분에 백치 결계의 효과 범위도 위쪽으로 이동한 것이다.

아니, 그것보다.

"왜 여기에 있어?! 죽고 싶어?!"

"그치만 아빠가 말이죠, 틀림없이 뭔가를 숨기고 있잖아요! 게다가 신관장이랑 좋은 분위기까지 되고······ 이게 대체 뭐냐고요?! 이, 임신까지 했다니!"

"일단 임신은 거짓말이니까, 그 눈에 글썽이는 눈물은 어떻게 좀 해라! 죄악감이 장난 아니라고!"

"정말인가요?"

"나중에 전부 설명해줄게. 그나저나 어떻게 내가 있는 데를 알았어?"

"아빠가 아니라 엘린 씨를 찾았어요."

"저 녀석을?"

"저도 도와드릴 수 있는 게 없을까 싶어서 감지를 쓰면서 걸어 다니다가, 새빨간 점을 발견했어요. 아, 이 데몬 같은 점이 엘린 씨려나? 하고 생각하면서 추적하다가 여기까지 도착했거든요."

"빨간 점……? 아~. 그건 아마 아야코겠지."

"그런 것 같아요."

이번에는 아야코 쪽을 봤다.

"그래서, 너는 왜 여기 있는 건데? 오늘 학교 가는 날이잖아."

"……그러니까……."

"그 얼굴을 보니, 땡땡이쳤구나."

"……."

아마도 내가 필리아랑 같이 다니는 게 신경이 쓰여서 계속 미행했겠지?

그대로 방송국 근처에서 얼쩡거리다가, 외부 대형 전광판 같은 데서 나와 필리아의 모습을 발견했을 테고.

"자꾸만 나카모토 씨가, 신경 쓰여서…… 그러면, 안 되나요?"

"안 되는 건 아닌데. ……오른손에 날 길이 30cm 정도의 식칼을 쥐고 있는 상태만 아니라면."

뭐냐고 그 날붙이는?

좋아하는 사람을 만나고 싶어서 그만 와버리고 말았어요, 같은 상황이 아니잖아, 절대로.

필리아를 죽일 생각으로 가지고 온 거지?

"이건, 그러니까…… 끝이 갈라진 머리카락 정리용으로 가지고 다니는 거고요."

"네 머리카락은 무슨 생선 등뼈급 강도라도 되는 거야?"

"……눈, 무서워요. 화난 건가요?"

아야코는 양쪽 집게손가락을 꼬물꼬물 비벼대면서 겁먹은 표정을 지었다. 보통 아저씨였다면 홀라당 넘어가 버릴 수도 있는 동작이지만, 10대 여자애들을 과잉 섭취하는 데 익숙한 탓에 손끝에 수많은 베인 상처가 나 있는 걸 놓치지 않았다.

새하얀 손가락에 새겨진, 새로운 상처.

백치 결계 때문에 착란을 일으켰을 때, 실수로 자기 손을 베어 버린 걸까. 아니면 필리아를 해치우기 위해서 칼 휘두르는 연습을 하다가 실수로 다친 걸까. 아니면 존재 그 자체가 잘못된 걸까.

"원래는 야단쳐야 할 상황이지만, 오늘만은 아주 잘했다고 칭찬해줄게."

"……예?"

파티 멤버, 그것도 미성년자의 외상.

교착상태에 빠진 상황을 단숨에 뒤집을, 역전의 수단이다.

"……안제는 거기서 아야코를 지켜줘. 신관직이면 결계 정도는 쓸 수 있지?"

"결계요?"

"지금부터는 화력을 조절할 자신이 없어. 벽을 쳐줄 사람이 늘어나면 고맙겠거든."

"아, 알았어요!"

그 말을 듣고 전부 알아차렸겠지. 안젤리카는 서둘러 마법 주문을 외우고, 자신과 아야코를 빛의 막으로 감쌌다. 그 범위는 예상보다 넓어서, 스튜디오 안을 거의 다 덮을 수 있을 정도였다.

"역시 재능이 있다니까, 안제는."

그리고 재능을 타고나지 못한 나에게는 후천적으로 획득한 스킬이 있다.

【용사 케이스케는 파티 내 연소자의 부상을 목격.】

【유니크 스킬「부성」이 발동됐습니다.】

【180초 동안 스테이터스와 스킬 배율을 상향 수정하고 상태이상을 무효화합니다.】

【HP+2000%】

【MP+2000%】

【공격+2000%】

【방어+2000%】

【민첩+2000%】

【마공+2000%】

【마방+2000%】

【스킬 배율×20】

폭발적으로 향상된 마력을 해방하고 주문 영창에 들어간다.

선택한 것은 엘린과 똑같은 극광 마법(플레어).

같은 속성의 공격 마법을 부딪치면 튕겨낼 수 있기 때문이다.

……그러고 보니까 이 마법을 쓰는 방법도 너한테 배웠었지, 엘린.

아주 잠깐.

순간적으로 추억이 머릿속에 떠오른 그때, 엘린의 오른손에서 눈이 멀어버릴 것만 같은 빛이 터져 나왔다.

"——."

번쩍!

하고 빛나는 지상, 온통 하얀색으로 물들어버리는 세계.

극한의 밝기는 극한의 어둠과 같아서, 완전히 아무것도 안 보이는 것과 마찬가지.

하지만, 그래도 내 눈은 엘린의 모습을 포착하고 있었다.

극한까지 강화된 안구는 어떤 환경에서건 사냥감을 놓치지 않는다.

이 세상에── 일상에 있을 곳이 없는 육체는 전장에서만 그 진가를 발휘한다.

나는 플레어가 착탄하기 직전에 내 플레어를 발사했다.

그것은 눈 깜박할 사이에 눈앞에 있는 플레어를 밀어냈고, 두 개 분의 마력을 머금은 덩어리가 됐다.

"……뭐?!"

부성 스킬 발동은 오산이었는지, 엘린이 당황해서 배리어를 전개했다.

두 겹, 세 겹, 네 겹.

계속 겹쳐지며 만들어지는 장벽이지만, 저 정도면 그냥 마음의 위안 정도 수준이다.

마침내 엘린은 빛 덩어리에 삼켜졌고── 서서히 윤곽이 사라져갔다.

엘린, 넌 정말 이걸로 만족하는 거야?

멍하니 하늘을 올려다보고 있는데, 내 발 앞쪽에 막대 모양의 물건이 떨어졌다.

"?"

그을린 천이 눌어붙은, 까만색 막대기.

엘린의 오른손이었다.

온몸이 숯덩이가 돼버렸을 거라고 생각했는데, 배리어가 생각외로 제 역할을 한 것 같다.

팔이 남아 있다면, 다른 부분도 원래 모양을 유지하고 있는지도 모른다.

어쩌면 살아있을 가능성도 있고.

……찾아볼까?

하지만 어디로 떨어졌는지 짐작도 못 하겠네, 라는 생각을 하면서 머리를 긁고 있는데, 안젤리카가 비틀거리면서 다가왔다.

"끝난 건가요?"

"아직 무슨 일이 일어날지 모르는 상황이야. 떨어져 있어."

"……아빠. 저거."

"응?"

안젤리카가 가리킨 쪽을 봤더니, 살아남은 호랑나비들이 일제히 날아오르는 모습이 보였다.

"으억?!"

시커먼 벌레가 집단으로 움직이는 모습은 마치 외국에 있다는 메뚜기 떼 같았고, 묘한 박력이 느껴졌다.

나도 모르게 주눅이 들 뻔 했지만, 잘 생각해보면 이건 기회겠지.

엘린이 빈사 상태라면 사역마를 컨트롤할 여유도 없을 테니까. 호랑나비들은 본래의 지능에 의해서 움직이고 있을 가능성이 크다.

나한테 미행당할 가능성 따위는 생각도 못 하고, 오로지 주인이 있는 곳을 향해 가고 있다면…….

"함정이라면 웃을 수도 없겠지만."

나비들을 추적한 지 몇 분.

나비 무리는 스튜디오 옆에 있는 복도에서 움직임을 멈췄다.

여기인가?

발을 멈추고, 좌우를 둘러봤다.

그랬더니── 복도 구석, 휴게실 저편.

엉망진창으로 찌그러진 자판기 옆에, 똑바로 누운 자세로 쓰러져 있는 소녀를 발견했다.

파란 머리카락, 사라진 오른팔, 너덜너덜한 로브.

틀림없는 엘린이다.

혹시 모르니 발소리를 죽이고 다가갔고, 슬며시 얼굴을 들여다봤다.

"……."

왼쪽 절반은 타서 짓물러 있지만, 오른쪽은 거의 다치지 않았다.

생각보다 훨씬 깔끔한 상태다.

웅크리고 앉아서 입에 손을 대보니, 살짝 숨결이 느껴졌다.

아직 살아있다.

내가 취해야 할 행동은──

"죽일 건가요?"

뒤쪽에서 들려온 목소리에, 돌아보지도 않고 대답했다.

"필리아인가."

"그거, 엘린이죠?"

"그래. 방청석에 있던 사람들은 어떻게 됐지?"

"이미 다들 피난했어요."

"그럼 다행이고."

안도의 숨을 쉬면서, 엘린의 목에 빛의 검을 들이댔다.

이제 겨우 몇 센티미터만 손을 움직이면 이 녀석을 끝내버릴 수 있다.

……끝내버려야만 한다.

"용사 공의 고향에서는 결혼식 때 케이크를 자르는 풍습이 있다고 들었는데 말이죠. 설마 엘린한테 그 역할을 시킬 줄은 몰랐어요."

"……너무 시커먼 거 아냐, 그 조크."

"그래서, 할 건가요?"

나는 발밑에 있는 엘린은 보면서 말했다.

"해야지. 당연하잖아."

"──역시, 그게 목적이었군요."

"?"

"갑자기 결혼을 하자고 해서, 무슨 일인가 싶었더니. ……이번 식은, 엘린을 끌어들이기 위한 함정이었죠?"

뭐야, 눈치챈 건가.

뭐든지 다 알고 있는 상태에서 맞춰준 거라면, 손바닥 위에서 놀아난 건 필리아가 아니라 내가 된다.

한 방 먹었다는 생각에 뒤를 돌아봤더니, 질렸다는 얼굴의 필리아와 눈이 마주쳤다.

"처음부터 그렇게 말해줬으면, 전면적으로 협력했을 텐데."

"……미안해. 그때는 정말 급했거든."

"이해해요. 한시라도 빨리 저와 결혼하고 싶었겠죠."

"응?"

"그러기 위해서는 쓸데없이 임자 있는 사람을 좋아하는 엘린이 너무나 방해가 됐고. 그런 얘기죠?"

"으응?"

"아내를 가진 이상 과거의 여자관계를 청산하겠다, 좋은 마음가짐입니다. 수법이 좀 과격한 경향이 있기는 하지만."

어…… 전혀 아닌데…….

진상을 하나도 모르고 있잖아.

여전히 착각하고 있잖아.

어떻게 된 거야 필리아?!

프러포즈 때문에 너무 흥분해서, 머리가 완전히 맛이 갔나?!

왠지 지금의 너를 보고 있으면, 국제결혼 사기단한테 속은 불쌍한 아줌마가 생각나거든…….

솔직히 말해서, 정말로 외국인 남성한테 결혼 사기를 치려고 하는 중년 여성이잖아.

혹시 나, 엄청나게 나쁜 사람이 아닐까.

양심이 가책을 느끼고 있는데 필리아가 한심하다는 것처럼(그러면서도 기쁘다는 것처럼) 어깨를 으쓱거렸다.

"용사 공의 마음은, 충분히 이해했습니다."

"뭐?"

"저를 위해서 성의를 보여줬습니다. 그것만으로도 만족합니다. 그러니까——."

——엘린을 살려주는 방향으로 생각해보죠.

그렇게 말하면서 미소를 짓는 필리아는, 마치 성모님처럼 신성한 느낌을 발산하고 있었다.

누구야, 이거.

얼굴 그래픽 재활용한 새 캐릭터인가?

너무나 크게 달라진 모습 때문에 굳어져 있었더니, 필리아가 계속해서 말했다.

"싫으시죠? 숨통을 끊는 건."

"그야…… 아무도 안 죽는 쪽이 제일 좋은 게 당연한 일이잖아."

"후후. 사람을 죽이는 걸 싫어했으니까요, 용사 공은."

이 관용, 뭔가 다른 꿍꿍이가 있는 것 같단 말이야.

필리아 같은 여자가 굳이 연적의 목숨을 구해주자고 말하는 이유가 대체 뭐지?

일단은 옛날 동료니까, 동정하는 건가?

……아냐.

그런 건 필리아답지 않아.

이 머릿속은 신앙과 뒤틀린 연애 감정만이 차지하고 있으니까, 좀 더 대책 없는 동기 때문에 움직이고 있을 것이다.

"일단 말이죠, 곁에 두고 감시하는 게 어떨까요."

"……감시?"

"예. 이쪽 세계에서 나쁜 짓을 못하도록, 저희 근처에서 살게 하는 겁니다. 뭐, 동거하는 것도 좋겠죠."

필리아의 얼굴은 왠지 기뻐 보였다.

"괜찮겠어? 네 입장에서 보면 훼방꾼이 또 늘어나는 건데."

"소중한 동료니까요. 기왕이면 저와 용사 공의 신혼생활을 가까이에서 보도록 하는 게 좋지 않을까요."

필리아는 더더욱 활짝 웃었다. 어딘가 승리를 과시하는 것 같은 분위가 느껴지는 건, 기분 탓만은 아니겠지.

이건 혹시, 그건가.

──이 녀석, 나랑 이러쿵저러쿵하는 모습을 엘린에게 보여주려는?

예전의 연적이게, 이 연애의 승자는 저입니다, 하고 보여주고 싶다.

그게 동기라면.

"뭐, 엘린도 불쌍한 아이입니다. 설령 살아난다고 해도, 용사 공이 저를 선택했다는 사실을 알게 될 테니까요……."

……확정이다.

역시 필리아의 머릿속은 연애와 관련된 생각이 지배하고 있다.

하지만 어떤 이유가 됐건, 사태를 원만하게 해결할 수만 있다면 그것보다 좋은 일은 없다.

"알았어. 엘린을 죽이는 건 그만 둘게."

"용사 공 다운 판단입니다."

"하지만 그렇게 되면, 어떻게든 이 녀석을 얌전하게 굴도록 만들어야 해. 이대로 의식을 되찾으면 또 교전을 벌이려고 들 테니까."

"흐음."

필리아는 또각또각 구두 소리를 내며 엘린 곁으로 다가갔다.

그리고 무릎을 굽히고 몸을 숙이더니, 타서 짓무른 입술에 손을 댔다.

"……의식, 돌아오지 않을지도 모르겠군요."

"뭐?"

"호흡이 멈춘 것 같습니다."

"──회복시키자."

설마, 이야기하는 사이에 너무 늦어버렸다는 건가?

급하게 힐을 걸어봤지만 엘린의 의식은 돌아오지 않았다.

게다가 상처가 아무는 기색도 없고.

"내 마법으로도 치료할 수 없다는 건……."

"그런 뜻이겠죠."

회복 마법은 산 자를 치유하기 위한 기술.

그것이 살아있는 육체라면 얼마든지 재생시킬 수 있지만──

"……말도 안 돼."

엘린의 몸은, 아직 따뜻한데.

아무도 죽지 않는 방법으로 해결할 수 있을지도 모르는데.

"빌어먹을!"

참지 못하고 벽을 후려쳤더니, 팔이 벽을 꿰뚫어서 커다란 구멍이 뚫렸다.

마왕성을 파괴했던, 그날이 생각나는 광경이었다.

"난 항상 이런 꼴이라니까."

죽이거나 부수기만 하고, 무엇 하나 만들어내지 못한다.

자조하면서 주먹을 뺐더니, 구멍 저편에 검은 고양이가 쓰러져 있는 게 보였다.

매끈하고 새카만 털. 호텔 창문을 깼던, 그 고양이다. 아무래도 나비들뿐만이 아니라 이 녀석도 주인 곁에 있었던 것 같다.

몸이 그을린 걸 보면, 엘린의 로브 속에 있었는지도 모른다.

주인과 같이 피탄 당해서, 같이 죽은 건가.

정말 기특하다는 생각을 하고 있는데, 필리아가 조용히 중얼거렸다.

"정공법이 아니라도 괜찮으시다면, 저 아이를 구할 수 있을지도 모릅니다."

어떤 방법이지?

뒤도 돌아보지 않고 물었더니, 필리아가 메마른 목소리로 말했다.

"잊으셨나요? 신성무녀에게 레이스를 빙의시킨 건, 바로 저였습니다."

요염하게 웃으면서, 필리아가 주문을 외우기 시작했다.

……어째선지 고개를 갸웃거리고 있는 게 신경 쓰이지만, 지금은 이 녀석을 믿는 수밖에 없다.

"구할 수 있을지도 모르지만, 정밀도는 기대하지 마세요."

다음 날 아침.

여덟 시도 안 돼서 눈을 뜬 나는, 머리맡에 있는 스마트폰으로 뉴스 사이트들을 둘러봤다.

어제 있었던 일이 어떻게 보도됐는지가 궁금했기 때문이다.

『스미레 TV에서 폭탄 테러.』

기사에 의하면 스미레 TV에는 예전부터 여러 번 살해 예고가 들어와 있었고, 이번 사건과 관계가 있는 건 아닌지 조사 중이다, 라고 했다.

엘린은 소형 드론을 사용해서 비행한 여자 테러리스트로 취급하고 있었다.

물론 완전히 엉뚱한 추측이라는 건 굳이 말할 필요도 없고.

"대충 이 정도인가."

보도 규제인지 단순한 취재력 부족인지는 모르겠지만, 고마운 이야기다.

나에 관한 내용은 단 한 줄도 없었고.

이렇게까지 좋은 쪽으로 기사가 나왔으면, 하늘의 도움이라는 생각을 할 수밖에 없네…… 라는 생각을 하면서 스마트폰에 충전 케이블을 꽂았더니,

"야옹~."

털이 고운 검은 고양이가 폴짝, 내 배 위로 뛰어 올라왔다.

"야옹."

세로로 긴 동공이 나를 빤히 쳐다본다.

"잘 잤어."

"야옹."

"고양인데도 아침 일찍 일어나네."

"야옹."

"아…… 무슨 말인지 하나도 모르겠거든."

"야옹~!"

옆에서 보면 동물에게 말을 거는 귀여운 아저씨로 보일 수도 있지만, 사실은 그런 게 아니다.

"미안, 미안해, 그렇게 화내지 말라고 **엘린**."

그렇다.

뭘 숨기랴, 이 검은 고양이의 내용물은 마술사 엘린이다.

그때 필리아는 「강령술」을 사용해서 엘린을 되살리려고 했는데, 그 원리는 다음과 같다.

• 엘린에게 회복 마법이 소용없었던 것은 육체에서 혼이 사라져버렸기 때문.

• 그렇다면 사체에 엘린의 혼을 빙의시키면 되지 않을까?

• 그렇게 하면 산 자로 간주할 수 있게 돼서 힐이 통할지도!

그런 부도덕적인 발상을 실행에 옮겼고, 결과적으로, 성공했다.

필리아에 의해 혼이 내려진 엘린에게는, 우리들의 회복 마법이 통했다. 상처가 점점 아물고, 겨우 몇 초 만에 다시 숨을 쉬게 됐다.

성공했다, 우리가 죽은 사람을 되살렸다!

라고 기뻐한 것도 잠시. 일어난 엘린이 "야옹~" 하는 소리로 울고, 게다가 발로 얼굴을 긁기 시작했으니, 도저히 웃을 수가 없었다.

"……너도 고생이 많구나."

그 자리에서 떠돌던 영혼이 엘린 말고 또 하나.

사역마 검은 고양이의 영혼도 있었던 것이다.

강령을 이용한 소생을 행하지 않는 것은, 바로 이런 일 때문이다. 실수로 근처에 떠돌던 부유령의 혼—— 그것도 동물—— 이 사람한테 들어가기라도 하면, 돌이킬 수 없는 일이 벌어지기 때문이다.

일단 혼을 넣으면 다시 꺼내는 건 지극히 어렵고, 검은 고양이의 육체도 한시가 급한 상태였기 때문에 어쩔 수 없이 엘린의 혼을 거기에 넣었고, 그리고 지금 이 상황이 벌어졌다.

즉, 엘린과 고양이의 영혼이 서로 뒤바뀐 것이다.

필리아의 기량이 있으면 일단 그런 실수는 저지르지 않을 것 같지만, 안젤리카의 결과와 마법이 서로 간섭하면서 정밀도가 떨어졌는지도 모른다는, 그런 변명을 되풀이하고 있다.

나로서는 「늙어서 실력이 녹슨 건 아닌가?」라고 말하고 싶지만, 필리아의 명예를 위해서라도 간섭 때문이라고 해주자.

"야옹~! 야옹~! 크앙~!"

"얌전히 좀 있으라고, 귀여워서 그러는 거니까."

"야아아아아아옹!"

……지금은 아직 심각한 것보다 재미있다는 쪽이 더 크게 느껴지지만, 이거, 원래대로 돌아갈 수는 있는 건가.

필리아는 떨떠름하다는 표정으로 낸 눈을 피하고 있고, 나는 이쪽 방면의 마법은 하나도 모르고.

안젤리카라면 뭔가 알고 있지 않으려나?

라고 생각하면서 요염하고 짓궂은 미소를 지은 그 순간, 타이밍도 좋게 본인의 절규가 들려왔다.

"뭐야~! 대체 어디를 핥는 건가요, 이 고양이는!"

동시에 욕실에서 알몸의 엘린(알맹이는 검은 고양이)이 네 발로 뛰쳐나와서 내 뒤에 숨었다.

"야옹…… 야옹……."

속도 편하게 고양이는 물을 무서워하니까~ 같은 생각을 하면서도, 등에 닿은 작은 돌기의 감각에 신경을 집중하지 않을 수가 없었다.

나는 글러 먹은 어린이다.

하지만 엘린의 실제 나이는 20대 후반이니까, 이 녀석한테 이상한 기분이 들어도 괜찮지 않을까?

아니, 하지만 알맹이는 새끼 고양이니까, 실질적으로는 롤리라고 할 수도 있고…….

엄청난 혼란에 빠져 있는데, 이번에는 저벅저벅하는 사람 발소리가 들려왔다.

그것도 두 개나.

"아직 씻는 중이거든요오!"

"역시 암고양이답게, 남자 몸을 엄청나게 밝히는 것 같군요."

목욕 수건 한 장만 가지고 몸을 가린 안젤리카와 필리아가 등장하셨다.

"……신관장님은 쉬고 계셔도 돼요. 나이 때문에 힘들 것 같으니까."

"호, 호호호. 무녀의 신전은 교육이 꽤나 엉망인 것 같군요. 연장자에 대한 경의가 하나도 느껴지지 않습니다."

……역시 이 둘, 상성이 안 좋구나.

안젤리카 입장에서 보면 자기한테 레이스를 씌웠던 가해자이기도 하니까, 반발하는 건 당연한 일이겠지.

그리고 필리아 입장에서는 새로운 연적으로 보일 테고.

갑자기 같이 살기로 한 건 좀 실수한 것 같은 기분이 들기도 하지만, 필리아는 무슨 말을 해도 나랑 같이 살겠다고 우길 기세였기 때문에, 도저히 거부할 수가 없었다.

그래서 이 난리가 났다.

물론 안젤리카도 엄청나게 화를 냈다. 나랑 단둘이서 사는 상황이 무너진 데다, 하필이면 상대가 필리아니까.

그래도 호감도가 내려가지는 않은 게 복잡한 점이다.

『신관장 일을 용서한 건 아니지만, 아빠가 옛날 동료를 죽이지 않은 건 기쁘다.』

그런 복잡한 심경인 것이다.

"너희들, 제발 부탁이니까 사이좋게 지내 달라고……."

어렵다는 건 알고 있지만, 이라고 말하면서 고개를 흔들고 있었더니,

"아빠는 대체 누구 편인가요?!"

"용사 공은 누구 편이시죠?!"

오른쪽에서 안젤리카가, 왼쪽에서 필리아가 따지고 들면서, 날 붙잡았다.

물컹물컹한 탄력은 두 사람의 흥분다.

"이렇게 되면 또……."

"씻어주기로 승부를 내는 수밖에 없겠군요."

……그러니까 말이야.

아침부터 대체 뭔 생각을 하는 거냐고 너희들은.

이 녀석들 정말로 신성직이 맞는 거야?

어제저녁에 얼굴을 마주한 뒤로 계속 이런 상태다.

여자들 간의 피로 피를 씻는 싸움…… 이 아니라, 젖으로 아빠를 씻어주는 싸움.

우리 집의 아빠인 나를 둘러싸고 누가 더 잘, 기분 좋게 봉사할 수 있는지를 겨루는 감미로운 투쟁 때문에, 수면 시간이 박박 갈려나가고 있다는 건 굳이 설명할 필요도 없다.

솔직히 말해서 엄청난 피로감 속에 무시할 수 없는 양의 기쁨이 포함돼 있다 보니, 있는 힘껏 저항할 수도 없다.

"저, 적당히 좀 하란 말이야, 너희들……."

힘없이 거절하고 있는데,

딩…… 동.

초인종 소리가 울렸다.

"이런 시간에 누구지. 리오인가? 아야코? 아니면 어제 같이 출연했던 아이돌?

"후보가 젊은 여성밖에 없나요?"

발끈하는 안젤리카를 놔두고 현관문을 열었다.

그랬더니 거기에 서 있는 사람은 예상과 정반대로 댄디한 아저씨였다.

나이는 50대 중반 정도려나. 모자 밑으로 보이는 수염은 잘 다듬어진 로맨스 그레이. 키는 나보다 약간 큰 정도고, 어깨 폭이 상당히 넓다.

"나카모토 케이스케 씨 되시죠."

"신문도 종교도 필요 없거든요."

"그런 게 아닙니다. 저는 이런 사람입니다."

그렇게 말하고, 남성은 검은색 가죽 수첩을 펼쳤다. 세로로 접히는 방식이고, 위쪽에는 본인의 증명사진과 계급, 아래쪽에는 POLICE 마크가 들어간 엠블럼.

"……경찰…… 수첩."

"짐작 가는 일이 있으시죠?"

"──예. 제가 그랬습니다."

변명의 여지 따위는, 있을 리가 없다.

며칠에 걸쳐서 열여섯 살의 안젤리카와 알콩달콩…….

열일곱 살의 아야코와 호텔에서 음란한 행위를 했고…….

현역 JK 리오가 보낸 음란한 셀카를 수신…….

바로 조금 전에는 외모 연령 열 서너 살인 엘린이 맨살 가슴을 내 등에 들이댔고.

"죄송합니다. 일부러 그런 게 아닙니다. 이러면 안 된다는 걸, 머리로는 알고 있지만……."

"그럴 생각도 아니었는데 테러리스트와 싸웠다는 겁니까?"

"예?"

"나카모토 씨, 당신은 뭔가 오해를 하고 계시군요."

나이든 경찰관이 온화한 목소리로 말했다. 목소리 톤은 달콤한 바리톤. 하지만 어딘가 위압감이 느껴지는 말투인 것이, 수많은 수라장을 헤쳐 나온 사람이라는 느낌을 준다.

신사처럼 행동해서 필사적으로 숨기고 있는 역전의 경험.

이세계에서 역전의 노병과 대치했을 때도 비슷한 느낌을 받은 적이 있었다.

생각해보면 현대 일본에서 실전 경험이 가장 풍부한 무장 집단은 자위대가 아니라 경찰이다.

나는 눈앞에 있는 경찰에 대해 일종의 존경하는 마음을 품으며, "오해라뇨?"라고 물었다.

저쪽 세계에서 군인들과 같이 행동할 기회가 많았던 탓인지, 비슷한 분위기를 가진 사람 앞에서는 저절로 예의를 갖추게 된다.

경찰은 나를 똑바로 보면서 말했다.

"미지의 기술로 부유하며 방송국을 광범위하게 절단한 테러리스트를, 당신 또한 미지의 기술을 이용해서 격퇴했습니다. 맞습니까?"

"……맞습니다."

"테러리스트의 정체에 대해서도 짐작이 가고. 그렇죠."

"……대충은."

경찰은 턱에 손을 대고 생각하는 표정을 지었다.

"몇 가지 여쭤볼 일이 있습니다만, 시간은 괜찮으실까요."

"오늘은 일이 없는 날이니까 같이 가겠습니다."

꼬르륵, 하는 소리가 났다. 아무리 최강의 용사라도 배가 고픈 건 어쩔 수가 없다.

"그런데 제가, 아직 아침을 안 먹었거든요. 밥부터 먹고 가도 될까요."

"아, 이거 실례했습니다."

말이 끝나자마자, 나이든 경찰관은 뒤쪽을 보면서 "나카모토 씨가 드실 음식 좀 사와라!"라고 큰 소리로 외쳤다.

그랬더니 뒤쪽에서 대기하고 있던 젊은 경찰관이 급하게 뛰어갔다.

아무래도 음식을 사러 가려는 것 같다.

뛰어가는 방향에 순찰차가 있는데, 저걸 타고 가려는 걸까.

"네가 평소에 먹는 것보다 한 단계 더 좋은 걸로 사와라! 알았지!"

아뇨 무슨, 그렇게까지 신경 써주실 필요는 없는데, 라고 말했더니, "젊은 애들은 눈치가 없어서 그렇게 일일이 말해줘야 합니다"라고 대답했다.

날 위해서 밥을 사다주는 경찰관.

뭔가 분위기가 이상해지는 대응이네.

난 배가 고프거나 말거나 그대로 경찰서로 연행해서 알고 있는 전부를 전부 털어놓으라고 하겠지, 라고 경계하고 있었으니까.

"정말 이래도 되는 건가요."

"테러 진압의 공로자시니까요. 사양 말고 받아주십시오."

"공로자? ······제가요?"

"당신은 우연히 마술 도구로서 가지고 있던 인화물을 이용해서 테러리스트를 퇴치한 히어로. 내일부터 이런 보도가 나갈 예정입니다."

"여기저기 사실과 다른 점이 있는 것 같은데······."

"이번 건에 대해 마음대로 기사를 쓸 수 있는 기사는 없습니다."

우리나라는 의외로 공권력이 강합니다. 경찰관은 그렇게 말했다.

"나라의 존망이 걸린 사태가 발생하면 자유보다 질서를 우선하는 때가 있습니다. 그리고 지금이 바로 그때입니다."

"그런 건가요."

"평소 같으면 마음대로 쓰도록 놔두겠지만 말이죠. 아무리 경찰 조직의 불상사라고 해도.

경찰관은 눈도 한 번 깜박거리지 않고 말했다.

"지난번에 유괴 사건을 벌였던 녹색 피부의 괴인—— 매스컴이 고블린 사건이라고 부르는 그것도, 누군가가 괴인들을 살해했었지요."

나는 확신했다.

이 경찰관은 일련의 사건들이 전부 나와 연관돼 있다는 것을 전부 간파하고 있다고.

"나카모토 씨가 어떤 사람인지, 상당히 관심이 갑니다."

나는 앞으로, 어떻게 되는 걸까.

설마 내가 고블린이나 엘린을 불러들였다고 생각하는 걸까.

아니면 괴물들을 쓰러트린 기술을 제공하라고 닦달하려는 걸까.

어쩌면 입에 담기도 무서운 짓을 당할지도 모른다.

경우에 따라서는 나라를 상대로 싸울 필요가 있을지도 모르고.

비장한 결의를 다지면서, 나는 경찰의 눈을 똑바로 마주 봤다.

"아무래도 진짜 지옥을 보고 온 사람의 눈으로 보이는군요. 나카모토 씨가 무슨 경험을 했는지, 더더욱 궁금해졌습니다."

"눈만 봐도 아는 건가요?"

"괜히 수라장을 겪어온 몸이 아니니까요."

"경찰 아저씨들의 직업의식이 그렇게까지 투철한 줄은 몰랐네요."

"······엄밀히 말하자면, 경찰 아저씨가 아니니까요."

그렇게 말하고, 나이든 경찰관은 품에서 낡은 수첩을 꺼냈다.

경찰 수첩—— 같은데, 조금 다르네?

거기에 적혀 있는 글자는······.

"공안 수사관······?"

"인사가 늦었군요. 저는 총괄 조사관 스기타니라고 합니다."

스기타니 씨는 "다른 데서는 비밀로 해주십시오"라고, 한쪽 볼을 일그러트리면서 웃었다.

혹시 그 젊은 경찰에게 음식을 사 오라고 한 게, 이 얘기를 못 듣게 하려고 그런 건지도 모른다.

"공안 조사관과 보통 경찰관이 어떻게 다른지, 저는 잘 모르 겠거든요."

"경찰은 할 수 없는, 회색 영역에서 치안을 지키는 것이 공안 입니다. 분석관이라든지 케이스 오피서라고도 합니다만, 알기 쉽게 말하자면 스파이입니다."

"······이 나라에도 스파이가 있었나요."

"주요 잠입처는 국내의 과격파 조직—— 폭력단이나 극우, 극 좌, 종교단체니까요. 헐리우드 영화에 나오는 스파이와는 이미 지가 조금 다를지도 모릅니다. 하지만 실제로 저희는 존재하고 있습니다. 그리고 다양한 조직범죄를 미연에 방지하고 있고."

우리나라의 치안이 양호한 건 우리 덕분이라고, 그렇게 말하 는 것 같았다.

"한마디로 당신은 경찰이 아니라는 건가요?"

"아닙니다. 경찰청이 아니라 공안조사청 소속이니까. 체포 권한도 없습니다."

"……그렇다면 왜 경찰 행세를 하고 있는 거죠?"

"솔직히 말하자면, 사실 지금은 경찰에 잠입하고 있는 중입니다. 그래서 저는 지금 내부의 적이라고 할 수 있는 존재죠. 다른 경찰들에게 신분이 알려지면 싫은 기색을 보일 수 있는."

아주 간단히 말했다.

이런 얘기를 나한테 해도 되는 건가.

"아무래도 일부 경찰관이 폭력조직과 유착해서 시민의 생활을 위협하고 있다는 이야기를 들었습니다만."

"뭐, 그런 사람도 있겠죠."

특히 내가 살고 있는 동네 경찰이라든지. 곤도랑 그렇고 그런 관계를 가지고 있는 것 같으니까 말이야.

"순진한 여고생에게 성폭력을 가하려고 한다든지, 외국에서 소녀의 신분증을 구입하려고 한다든지, 아무 죄도 없는 식당 주차장에서 시비를 건다든지. 그야말로 아주 제멋대로 구는 폭력조직 조직원과 경찰관이 친하게 지내고 있습니다. 이런 상태를 그냥 방치할 수는 없겠죠."

"그, 그렇겠죠. 저도 정말로 그렇게 생각해요. 그런 놈은 정말로 용서할 수 없어요."

"그래서 이렇게 경찰 신분을 빌어서, 내부에서 감시할 필요도 있는 겁니다."

짚이는 구석이 너무 많은 몸이다 보니, 살아도 사는 게 아닌 것 같은 기분이 드는 이야기다.

"몰래 조직 속으로 숨어 들어서 내부에서부터 바꿔 간다. 이 것보다 효과적인 방법은 없습니다. 어떤 공작 활동에서건."

"그렇겠죠."

나는 영체를 빙의시킨 포로를 적의 성으로 돌려보내서 파괴 공작을 시키는 수법을 떠올렸다.

이세계 시절에, 크나큰 전과를 올렸던 수법이다.

"만약에 국가나 기업의 중추 기업에 외부의 적이 섞여 있다 면, 그야말로 끝장이겠죠. 그렇지 않겠습니까."

"외국의 스파이 같은 게 있으면 정말 귀찮기는 하겠네요."

"다른 나라 사람이면 차라리 괜찮겠죠. 다른 세계에서 찾아 온, 전혀 다른 윤리관에 따라서 움직이는 생물이면, 그야말로 감당할 수가 없습니다. 게다가 그것들이 인간의 상식을 뛰어넘 은 전투 능력을 지녔다면 더더욱 그렇고."

"그 얘기는."

"저희가 포착한 정보에 의하면, 『이세계』에서 찾아온 인간이 아닌 괴물들이, 아직도 인간의 모습을 하고서 잠복해 있습니다. 그리고 나카모토 씨, 당신도 이세계에 방문한 경험이 있고. 그 렇죠?"

그 힘, 나라를 위해서 써보시지 않겠습니까. 스기타니라는 수 사관은 그렇게 말했다.

그 뒤로 어떻게 됐느냐하면, 내 신분이 아주 조금 달라졌다.

간단히 말하자면 방송인에서 청소업자로.

표면적으로는 여전히 방송 관련 일을 하고 있지만, 아주 가끔씩 스기타니 씨가 보내오는 메일에 따라서 출장을 나가는 생활을 계속하고 있다.

내가 가는 곳은 거의 살벌한 곳이다.

때로는 조폭 사무소이기도 하고, 불량소년들의 소굴이기도 하고, 실종자가 유난히 많이 나오는 대기업이기도 하고.

그런 곳에 피자 배달원이나 운송회사 사람인 척 잠입해서 목표의 스테이터스를 감정.

만약에 그놈이 인간으로 변해 있던 이세계에서 온 괴물이라면 바로 암살하고 탈출한다.

그런 일을 반복.

대체 어떤 수법으로 특정하고 있는 건지는 모르겠지만, 스기타니 씨가 「이세계에서 왔을 가능성이 있다」고 눈독을 들인 타겟은, 지금까지 100%의 적중률을 보이고 있다.

조폭 두목으로 변해 있던 홉 고블린, 동네 건달 무리의 리더로 변해 있던 리저드맨, 유명 기업의 회계사 행세를 하면서 부하 직원들을 차례로 잡아먹었던 오크.

이세계 시절과 마찬가지로, 더러운 일을 전문으로 처리하는 쓰레기 청소업자가 된 것이다.

한 가지 다른 건, 보수가 많다는 점이려나.

"……또 오백만……."

한 번 의뢰를 처리할 때마다, 내 눈을 의심할 정도로 많은 수입이 들어온다.

통장을 든 손이 부들부들 떨린다.

지금까지 스기타니 씨의 의뢰를 세 번 처리했으니까, 합계 천오백만 엔.

매지션 나카모토로 버는 출연료까지 더하면, 슬슬 단독주택을 하나 구입하는 걸 검토할 수 있을 정도의 돈이 모였다.

역시 슬슬 이사를 생각해야겠지.

언제까지고 옆집에서 시체가 발견된 집에서 살 수는 없으니까.

그리고 이 집, 아야코가 무단으로 복제 열쇠를 만들어버렸고.

주 6회 페이스로 불법 침입을 해서 저녁밥을 만들고 성행위를 해달라고 졸라대는 여자애는, 출퇴근 아내라기보다는 신종 요괴라고 봐야겠지.

당연히 그런 치태를 보고 가만히 있을 안젤리카 등등이 아니다 보니 캣 파이트 정도는 귀여운 편이고, 필리아는 정말로 공격 마법을 쓰려고 했고, 엘린은 야옹야옹 시끄럽게 울어대서, 절실하게 내 프라이버시가 필요한 상황이다.

"……튼튼한 자물쇠가 달린 내 방이 있어야겠지. 그래, 맞아."

한숨을 쉬며 투덜거리고 침대 쪽을 봤다.

거기에는 예전에 냉철한 신관장이었던 필리아가, 안젤리카와 나란히 누워서 새근새근 잠들어 있다.

한가운데에서 둥글게 몸을 말고 있는 건 엘린과 검은 고양이.

나는 여성들이 자는 얼굴을 보면서 잔을 손에 들었다.

일을 끝낸 뒤에 먹어야 하는 알약 세 알을 물과 함께 삼켰다.

이 약은 정신 안정제의 일종이고, 스기타니 씨가 보내주는 것이다.

나처럼 더러운 일을 처리하는 인재에게는 필요불가결한 것이라는 이유로, 반드시 먹으라고 했다.

왜냐하면 인간의 정신은 사람이나 동물을 죽이도록 만들어지지 않았기 때문에.

강한 사명감을 지니고 임무를 수행하러 갔던 군인이나 공작원들이 살인의 스트레스를 견디지 못하고 자살하는 건 아주 흔한 일이니까.

그래서 아인을 처리한 뒤에는 잔뜩 케어를 받는다.

병원에서 카운슬링을 받고, 다양한 약을 처방받는다.

엄밀하게 따지자면 상대가 사람이 아니라 아인인데도 이 철저한 사후 처리.

조금 과보호하는 게 아닌가 싶다는 생각도 들지만, 원래는 이 정도로도 부족하다고, 스기타니 씨가 그렇게 못을 박았다.

기껏 찾아낸 이세계에서 돌아온 초인이니까, 죽기라도 하면 곤란하다고 생각하고 있겠지.

그리고 가끔씩 보여주는 배려를 보면, 정말로 날 걱정하는 것 같기도 하고.

즉, 나쁜 사람은 아닌 것 같다.

겨우 손에 넣은 화이트 상사, 라고 해야 할까.

아니, 이건 상사 정도가 아니라, 내 주위에 있는 사람 전체 중에서도 화이트한 인격이라고 할 수 있지만.

그런 걸 중얼거리면서, 빈 잔을 탁자 위에 내려놨다.

모든 것들이 나쁘지 않은 방향으로 흘러가고 있다.

지금은 그렇게 생각하고 싶다.

"뭐? 결혼?"

의미를 모르겠거든. 리오는 그렇게 내뱉었다.

기상하자마자 스마트폰을 조작해서 SNS를 보고 있는데, 나카모토 케이스케가 수수께끼의 외국인 미녀와 약혼을 발표, 라는 뉴스가 나왔다.

"……."

정보 출처는 신문사 공식 계정.

아무래도 믿을 수 있는 소스인 것 같다.

믿고 싶지는 않지만. 거짓말이라고 생각하고 싶지만.

"응? 잠깐? 잠깐만? 대체 왜?"

힘차게 침대에서 일어나, 화장실로 뛰어갔다.

아, 진짜.

기껏 경찰한테 받은 돈으로 좋은 호텔에서 묵고 있는데, 전부다 망쳤잖아.

셀럽 기분을 맛보다가, 순식간에 남자를 빼앗긴 패배자가 돼버렸다.

"의미를 모르겠어……."

변기에 앉자마자 저절로 그런 말이 흘러나왔다.

의미를 모르겠다. 나카모토 아저씨가 무슨 생각을 하는 건지 모르겠다. 틀림없이 날 좋아한다고 생각했는데 말이야?

나카모토의 아내 자리는, 원래 자신에게 주어져야 할 포지션 이라는 생각이 들었다.

화를 내면서 속옷을 내리고, 소변을 보는 장면을 촬영했다. 나중에 나카모토한테 보내기 위해서.

쪼르르르르르르……

작은 물소리를 울리면서 생각한다.

그나저나, 나카모토의 결혼 상대는 대체 누굴까.

수수께끼의 외국인 미녀……

제일 먼저 떠오른 사람은 안젤리카였지만, 그 아이가 상대라 면 나이 차이에 대해서 언급했겠지.

그렇다면, 리오가 모르는 여자가 나카모토를 차지했다……?

"대체 누군데?"

짜증을 내면서 기사를 닥치는 대로 읽기를 몇 분, 겨우 나카모 토와 여자가 같이 찍힌 사진을 발견했다.

은발에 글래머 백인 여성, 외모는 20대 후반 정도.

……어디선가 본 적이 있는 얼굴인데.

"우리 집에 구멍 뚫어놓은 여자잖아!"

아마 필리아라고 했었지.

과거에 나카모토와 뭔가 인연이 있다고 했었고, 차원까지 넘 어서 쫓아온 끝에 되레 나카모토한테 당한 스토커 여자다. 이렇 게 나열해보면 좋은 구석이 하나도 없지만, 외모 하나만은 흠잡 을 구석이 없는 미녀다.

역시 그건가?

가슴 큰 여자가 좋은 거야?

아니면 외국인이 좋다든지?

하지만 나카모토는 리오와 똑같이 생긴 여성과 사귄 적이 있다고 하니까. 그렇다면 이성 취향도 우리나라 여자일 텐데.

뭔가 사정이 있는 걸까.

기사를 더 읽다 보니, 폭발 테러에 휘말린 나카모토가 고군분투했다고 적혀 있는 게, 아무리 봐도 사연이 있는 것 같다.

보나 마나 또 이상한 사건에 말려들었겠지.

왜냐하면 나카모토는 「이세계에서 돌아온 사람」이니까.

나카모토의 말에 의하면, 열다섯 살 때 봄에 중세 유럽풍 세계로 소환됐고, 그 덕분에 신기한 힘을 쓸 수 있게 됐다는 것 같다. 묘한 괴물들이랑 인연이 있는 것도 그것 때문이라던가.

갑작스런 약혼 발표도, 어쩌면 이세계와 관련이 있는지도 모른다.

그렇다면 필리아와의 결혼도 연애 감정 때문에 하는 게 아닐 가능성이 있다. 이건 단순히 리오의 바람이지만, 그것 말고는 베팅하고 싶은 선택지가 없으니까.

"좋았어."

리오는 바로, 조금 전에 찍은 방뇨 사진을 나카모토에게 보내 봤다.

원조교제를 하는 친구 말로는, 어지간한 아저씨들은 여고생이 소변보는 사진에 흥미진진하다나 뭐라나. 그래도 되는 걸까, 이 나라 아저씨들.

어쨌거나 나카모토가 여기에 낚여주면 좋겠는데.

하는 김에 필리아에 대해서도 전부 말해주면 좋겠고.

조금 지나자 메시지에 읽음 마크가 표시됐고,

『아침부터 이상한 거 보내지 말라고.』

그런 심기가 불편해 보이는 메시지가 날아왔다.

어라?

뭐지, 이 차가운 반응은.

아니 뭐, 솔직히 사람으로서는 이쪽이 옳은 반응이지만.

『미안, 기분 나쁜 거 보내서. 좋아할 거 같았는데.』

『여자가 오줌 싸는 모습은 이제 지긋지긋해.』

지긋지긋해?

뭐지, 그 범죄의 느낌이 감도는 표현이. 나카모토의 나쁜 습관, 자기 무덤 파기다.

『혹시, 필리아라는 사람이 항상 보여주는 거야?』

『뭐? 필리아는 아무 상관없거든?? 그리고 그 녀석 죽었거든? 거짓말 아니거든. 진짜거든.』

『인터넷에 뉴스 올라왔던데. 필리아랑 결혼한다면서?』

『너하고도 결혼해줄 테니까 용서해줘.』

나카모토는 상당한 착란 상태에 빠져 있는 것 같다. 언동이 엄청나게 지리멸렬한 걸 보니까.

『미안, 여기엔 사정이 있거든.』

『몰래 도와줬구나? 우리 집을 그 꼴로 만든 여자를.』

『내가 엘자를 배신한 적이 있어? 없잖아? 나 믿어줄 거지?

응?』

『난 리오거든.』

결국 지금은 죽고 없는 엘자와 혼동하기 시작했다. 이렇게까지 당황한 나카모토는 처음 보는 건지도 모른다.

어째서 이렇게 여유가 없는 걸까. 아침에 약한 타입도 아닌 것 같은데, 그렇게까지 켕기는 일이 있다는 거야?

그렇게 생각하고 있는데, 갑자기 답이 나왔다.

나카모토와 오오츠키 아야코가 키스하는 사진과 함께,

『이 사람은 포기하세요』라는 메시지가 날아온 것이다.

이걸로 대충, 상황을 파악했다.

스마트폰을 빼앗기고 억지로 사진을 찍은 게 틀림없다.

한마디로 나카모토네 집에, 오오츠키 아야코도 드나들고 있다는 뜻이다. 아마 필리아랑 약혼한 것 때문에 충격을 받고 인격이 증발해버려서, 억지로 쳐들어가고 있는 상황이겠지.

그리고 사진 속에 있는 나카모토가 헤벌쭉하고 있는 걸 보면, 이 접근이 싫지는 않은 것 같다.

한마디로 전쟁의 시작이다.

"꼭 이길 거야."

리오는 승부 속옷으로 갈아입고는, 교복을 입고서 나카모토의 집으로 향했다.

지금부터는 끝없는 유혹 전쟁, 여자들이 서로의 색향을 발휘해서 한 남자를 두고 싸우는, 정실부인 전쟁의 시작이다.

리오의 무기—— 그것은 엘자와 똑같이 생긴 외모와 10대 임신을 이해해주는 어머니.

다른 여자들이랑 달라서 자신은 피임을 신경 쓸 필요가 없다. 빨리 나카모토의 아기를 가져서, 귀찮은 학교 따위는 그만둬버리자.

……하지만 고등학교를 중퇴하면 현역 JK라는 간판이 사라져버린다. 그건 나카모토가 어떻게 받아들일까?

전력이 약해지는 걸까?

끙끙대고 고민해봤자 소용없으니까, 본인한테 물어보자.

『나카모토 아저씨는 JK랑 10대 유부녀, 어느 쪽이 불타는 타입?』

『미안, 겨우 폰을 찾아왔어. 아까 그건 사고라고 할까, 아야코가 가슴으로 내 지능지수를 녹여버렸거든. 그걸 당하면 저항할 수가 없다니까. ……뭐? JK랑 유부녀?』

『대답해.』

『잘은 모르겠지만, 난 여고생보다 유부녀가 좋은데.』

『흐응.』

그렇다면 안심하고 임신, 중퇴 콤보를 날릴 수 있다. 나카모토가 이해심이 있는 사람 같지도 않은 놈이라서 다행이다.

『그런데 왜 하나만 골라야 하는데? 조합하면 안 되나?』

『조합?』

『유부녀 여고생, 이라는 게 있으면 끝내주게 불타오를 것 같은데 말이야.』

『!?!?!??!?!』

유부녀에…… 여고생?

뭐야 그거. 뭐냐고 그 욕심 많은 세트는.

생각도 못 해봤다. 임신과 중퇴는 동시에 일어나는 일이라고 생각했는데.

그야말로 코페르니쿠스적 사고 전환이다.

학교에 다니면서, 나카모토의 색시 노릇도 한다.

그러길 바란다면——

"피임을 해야겠네."

훗. 하고 살짝 웃은 뒤에, 리오는 편의점에 들러서 콘돔을 일곱 상자나 샀다.

여고생인 채로 나카모토와 결혼하려면 피임이 필요불가결하니까.

그리고 이걸 선물로, 나카모토네 집에 쳐들어가기만 하면 된다.

기다려줘 나카모토 아야코. 그리고 오오츠키 아야코는 쓰러트리고, 안젤리카랑 필리아는 절대로 모국으로 강제소환 시킬 거야.

결의를 새롭게 다지고, 리오는 아침의 시내를 달려갔다.

교복 치마를 펄럭이고, 가방을 흔들어대며, 서른두 살의 독신 남성이 사는 집으로.

도 조례에 가운뎃손가락을 세워 보이는 만행이지만, 열여섯 살이 어른이랑 그걸 하는 게 뭐가 나쁘다는 건데, 라고. 리오는 그렇게 생각했다.

열여덟 살이 되면 합법이니까, 그렇다면 겨우 2년 미리 하는 거잖아.

오차 범위잖아.

그래, 이건 제한속도 60km의 도로를 65km로 달리는 것이나 마찬가지다.

하지만 간통 상대가 방송인이면 연쇄 추돌에 뺑소니 사고 수준의 임팩트가 있을지도 모르지만.

뭐, 나카모토는 조폭과도 연줄이 있는 악의 상급국민이니까, 당연히 어떻게든 하겠지.

이상한 상상을 펼치면서 횡단보도를 건너고, 주택가를 달려 나갔다.

나카모토의 집은 거의 눈앞까지 다가왔다.

소문에 의하면 여기는 얼마 전에 입주자가 고독사했던 사고 물건이라는 것 같다. 이런 귀신의 집에 여자애들을 여러 명 사육하고 있는 나카모토는, 역시 진짜로 귀신같은 사람이겠지.

새디스트의 귀감이라고 밖에 표현할 방법이 없는.

사타구니가 욱신욱신 근질거리는 걸 느끼며, 녹슨 계단을 뛰어 올라갔다.

초인종을 누르고, 머리카락을 다듬으면서 기다리고 있었더니, 안쪽에서 창백한 얼굴이 불쑥 튀어나왔다.

"……신문은 필요 없어요."

오오츠키 아야코였다.

안쪽을 슬쩍 봤더니, 아무래도 알몸 위에 앞치마만 입고 있는 것 같았다. 그리고 오른손에는 날 길이 30cm가량의 식칼을 들었고.

세상에서는 필리아와 약혼한 걸로 돼 있는데, 어째선지 이 여자가 정실부인 행세를 하고 있다. 이 시점에서 보통 일이 아니다.

"좀 들어가게 해줘."

"……사이토, 리오 양……."

"당신 대체 뭐야? 그 필리아라는 여자는 어떻게 됐어?"

설마 찔러 죽인 건 아니겠지?

라고 의심하는 눈으로 쳐다봤더니, 아야코가 피식 웃었다.

"……필리아 씨라면, 제3차 가슴대전에서 패배하고 삐쳐서 자고 있어요."

그럼 그렇게 알고, 라면서 아야코가 문을 닫으려고 했지만, 여기서 물러날 수는 없다.

"기다리라고! 무슨 말인지는 모르겠지만 야한 뉘앙스는 전해졌고, 게다가 제3차라는 건, 이미 여러번 했다는 거야? 다, 당신을, 나카모토 아저씨랑 대체 무슨 짓을 하고 있는 거야?"

"……애들하고는, 상관, 없는 일이니까."

"겨우 한 살 차이잖아! 그 정도는 오차라고! 시속 2km 차이밖에 안 되는!"

"……시속?"

"됐으니까 들어가자고! 나도 나카모토 아저씨랑 할 말이 있는…… 데……."

그렇게. 다투고 있는 두 사람을 달래려는 것처럼,

"이봐, 뭐하는 거야~?"

그런 얼빠진 목소리가 들려왔다.

나카모토 목소리다.

집 안쪽── 거실 쪽에서 느릿느릿 걸어왔는데, 그 모습은 한 마디로 표현하자면 「이상」했다. 두 마디로 표현하자면 「이상 성욕」이었다.

먼저 나카모토는 알몸. 전라였다.

게다가 단순히 옷을 안 입은 정도가 아니라, 오른팔에는 역시 알몸인 외국인 소녀(파란 머리카락의 쿨 계열), 왼팔에는 브래지어 하나만 걸친 안젤리카가 달라붙었고, 머리에는 여자 팬티가 걸려 있었다. 보아하니 팬티에는 생긴 지 얼마 안 된 얼룩이 묻어 있다.

……금방 벗은, 게다가 지금 막 젖은 속옷…….

"필리아만 문제가 아닌 것 같네."

게다가 가슴에는 고양이 발톱에 긁힌 것 같은 상처와 대량의 키스 마크가 있었다.

……나카모토의 살갗은 다이아몬드만큼이나 단단할 텐데, 대체 어떻게 저런 상처를 남긴 걸까. 그걸 부드럽게 만드는 술법이라도 찾아낸 걸까.

아니, 그딴 걸 고찰하고 있을 때가 아니다.

적은 이미 수단과 방법을 가리지 않고 있다.

그래, 해보자.

리오는 오른발을 들고, 둘둘 마는 것처럼 팬티를 벗었다.

그리고 그걸 실뜨기하는 것처럼 손가락에 걸고는, 제일 창피한 부분── 바닥 부분 안쪽을 나카모토한테 들이댔다.

"이거."

"패, 팬티 실뜨기?! 어디서 그 스킬을?!"

"……보여? 나도 지금 난리가 났거든."

창피해하면서, 리오의 속옷에도 물웅덩이가 생겨 있는 걸 보여줬다.

나카모토에게 안기는 장면을 기대하면서 뛰어왔기 때문에 땀, 그리고 또 다른 JK의 즙 때문에 엄청난 일이 벌어져 있었다. 그 즙의 냄새만 맡아도 체포당할 것 같은, 숙성된 증거물품이 되어 있다.

"여, 연말 선물이야? 답례는 100만 엔까지밖에 못 준다고."

"이거 가치가 엄청 비싸네. 이런 건 그냥, 공짜로 줄 거거든."

리오는 팬티를 돌돌 뭉쳐서, 나카모토의 오른손에 억지로 쥐여줬다.

으으, 하고 안젤리카가 얼굴을 찌푸리는 모습이 보였지만, 신경 쓸 때가 아니다.

"필리아랑 관계, 설명해줘."

"……그래. 너한테는 말하는 게 좋겠지."

"그리고, 나도 정실부인 전쟁에 참가할 거니까, 그렇게 알고."

"뭐?"

주머니에서 피임 도구를 꺼내서 나카모토한테 던졌다.

그것이 개전 신호였다.

THE SKILL OF
PATERNITY

나카모토 케이스케, 20세. 한창 청춘!

이어야, 하는데.

"……야반도주하는 수밖에 없겠는데."

허름한 바 한쪽에서, 지정석처럼 돼버린 둥근 테이블을 둘러 싸고 앉아, 우리는 잔을 기울이고 있었다.

현재 파티의 자금 사정이 상당히 좋지 않다.

기분 상으로는 중소기업 경영자고, 완전히 지친 중년 아저씨 처럼 한숨이 끊이질 않는다.

잔에 들어 있는 것이 과일에서 짜낸 주스라는 점에서 간신히 젊은이다운 구석이 남아 있지만.

"금화 두 닢으로 대체 어떻게 먹고 살라는 거냐고."

돈 문제로 투덜대는 탓인지, 아까부터 가게 주인의 시선이 날 카롭다.

그렇게 경계하지 말라고, 여기 돈은 다 낼 테니까.

"그렇게나 부족한가요?"

옆에 앉아 있던 필리아가 불안해하는 얼굴로 말을 걸었다. 어 두워서 그런 것도 있겠지만, 아무리 봐도 33세라고 할 수 없을 만큼 젊어 보인다.

이쪽 세계 사람들은 가혹한 생활환경 때문인지, 보통은 순식 간에 늙어버린다.

하지만 필리아는 몇 년 전부터 노화가 멈췄고, 부자연스러울 정도로 젊음을 유지하고 있다.

뭔가를 「하고 있는」 건 틀림없는데, 그게 뭔지 물어볼 용기는 없다.

엘자와 만났을 때쯤부터 정서가 불안정해졌고, 몇 주 정도 행방을 감춘 데다, 돌아왔을 때는 어째선지 늙지 않게 돼버린 여자.

절대로 깊이 파고들어서는 안 되는 사정이 있을 테니까, 그냥 가만히 놔두고 있다.

대체 얼마나 흉악한 미용법을 알아낸 건지는 모르겠지만, 아직 이 녀석한테 현상금이 걸렸다는 이야기는 없으니까, 누구를 죽이거나 뭔가를 훔치지는 않았을 거라고 생각하고 싶다.

"부족하지."

"구체적으로 얼마나?"

"간단히 말하자면, 매달 수입의 두 배 가까운 지출이 발생하는 상태야."

"어째서 일이 그렇게."

"인건비…… 즉, 너희들한테 지불하는 돈이 제일 커. 여비도 상당히 많이 들고. 게다가 장비나 식량 조달, 세금, 그밖에도 여러 가지가 있지."

"국왕폐하께 도움을 청할 수는 없나요? 일단 저희들은 용사 일행이니까."

"너한테 그럴 각오가 있어?"

"?"

깜짝 놀라는 필리아에게, 화가 치밀어 오르는 현실을 털어놨다.

"임금님 말씀에 의하면 말이야. ──파티 멤버 중에 누군가를 안게 해주면, 더욱 후한 원조를 해주신다는 것 같아."

우리 파티는, 나 말고는 전부 여성. 게다가 너무나 눈부신 미녀와 미소녀들이 모여 있기 때문에, 동경이라든지 그런 감정을 품는 남자들이 많다.

하필이면 인간계의 최고 권력자도 그런 사람 중의 하나였던 것 같지만.

"……폐하가 여색을 밝히는 건 유명한 얘기니까요."

"얼굴로 고른 게 아닌데, 이상하게 예쁜 사람만 모였다니까."

"어머나. 이제 와서 무슨 말씀을."

나름대로 빈정대는 말을 했는데, 필리아의 입가가 풀어져 있다. 일단은 기뻐하는 것 같다.

참 알기 쉬운 여자다.

다들 이 정도로 속내를 겉으로 드러내 주면 정말 좋겠는데, 아쉽게도 나머지 멤버들은 과묵한 쪽이다.

마법사 엘린과 여기사 릴리.

엘린은 무슨 생각을 하고 있는 건지 잘 모를 정도로 말이 없는 아이고, 릴리 선생님은 항상 대담한 미소를 짓고 있다.

그리고 어째서인지, 두 사람 모두 엘자를 좋게 생각하지 않는다.

나한테 연애 감정을 대놓고 드러내는 필리아라면 또 모를까, 엘린이나 릴리 선생님까지 엘자를 적으로 여기는 건 대체 왜지?

설마 이놈들도 나한테 반했다는 건가? 라고 생각했지만, 아직 확실한 증거는 없다.

최근에 엘린이나 릴리 선생님은 사흘에 한 번 정도 나랑 육체 관계를 가지려고 하는데, 단순히 엘자를 괴롭히고 싶어서 그러는 건지도 모르니까.

그리고 엘자의 말에 의하면 내 둔감 스킬은 신의 영역에 도달했다는 것 같은데, 그게 무슨 뜻인지 잘 모르겠다.

그런 생각을 하면서 엘린을 보고 있었더니, 뭔가 발언을 하라는 뜻으로 생각한 건지,

"……내가 제안할 게 있어."

그렇게, 가녀린 목소리로 말했다.

"……돈이 부족하면, 늘리면 돼. 마물을 사냥해서, 돈을 벌면 돼."

"무리야. 그거 몇 번이나 너무 과하게 해서, 시세 폭락이 벌어졌었다고."

몬스터를 사냥하면 시체 일부를 돈으로 바꿀 수 있다. 모피나 이빨, 고기와 내장, 때로는 육체에서 마석이 나오는 때도 있다.

그런데 말입니다. 이 근처의 몬스터들은 우리가 집요하게 사냥해댄 탓에 시장에 소재가 잔뜩 깔려서, 매입 가격이 엄청나게 떨어져 버리고 말았다.

이블 드래곤의 뿔? 그딴 것 말고 버섯이나 좀 따오란 말이야,

라고 말하면서 귀찮다는 표정을 지을 정도로.

어떤 상품이건 수요와 공급의 밸런스가 중요한 법이다.

"……그렇다면, 먼 곳으로 가서 레어 몬스터를 해치우면 돼."

"그 먼 곳으로 가려면 돈이 필요하잖아. 우리 식비랑 숙박비로."

"노숙을 하면 되지 않겠나"

그렇게, 시원시원한 목소리로 제안하는 릴리 선생님. 단정한 용모에서는 상상도 할 수 없는 와일드한 의견이다.

"그건 나도 생각했어. 하지만 너랑 같이 노숙을 하면, 날 덮치려고 들잖아."

대체 몇 번이나, 억지로 아빠가 될 뻔했었는지…….

그리고 이놈들은 「힘으로 엘자한테서 용사를 빼앗자」는 방침으로 일치단결하기라도 했는지, 틈만 나면 내 위에 올라타려고 든다.

따라서 나는 어떤 일이 있어도 이 녀석들하고 노숙 따위는 할 수도 없고, 몬스터 때문에 잠들어버리는 건 말도 안 되고, 솔직히 이놈의 파티를 후딱 해산해버리고 싶지만, 이 세 명보다 강한 모험자가 없어서 어쩔 수 없이 계속 고용하고 있다.

"너희들이 밤마다 날 덮치려고 드니까, 마법으로 강화한 튼튼한 개인실이 있는 여관을 고르는 거잖아. 그거 알아? 우리 숙박비가 많이 드는 건, 다 너희들 때문이라고."

"그건 용사 공이 잘못한 겁니다."

그렇게, 아주 당연하다는 것처럼 딱 잘라서 말하는 필리아.

엘린과 릴리 선생님도 고개를 끄덕이고 있다.

제대로 된 윤리관을 가진 사람이 한 사람도 없다.

1초라도 빨리 이 회의를 끝내고 엘자의 품에 뛰어들지 않으면, 내 정신이 버티지 못할 것 같다.

"줄이려면 인건비를 줄여야지. 이번 달 월급은 반만 줘도 되겠지?"

세 파티 멤버가 차가운 눈빛을 하고서 내뱉었다.

"그거, 모험자 길드에 고소하면 저희가 이깁니다."

"……맞아."

"필리아가 아주 좋은 말을 했군."

노동조합과 대치하는 경영자가 이런 기분이려나.

Q : 중소기업 사장입니다.

여성 종업원들이 저를 강간하려고 하는 데다, 급여는 절대로 깎을 수 없다고 저항하고 있는데, 어떻게 해야 좋을까요?

그냥 이놈의 회사를 접어버리는 게 좋으려나요?

A : 그건 회사가 아니라 목장이고, 어쩌면 당신의 신분은 사장이 아니라 종마라고 불리는 것은 아닐까요?

가장 가까운 동물병원에서 상담을 받아보실 것을 추천합니다.

머릿속에서 환청이랑 놀고 있는데, 필리아가 손가락으로 내 손을 더듬기 시작했다.

"그렇게까지 힘드시다면, 이번 달만 공짜로 일해드릴 수도 있습니다."

"정말이야?!"

"물론, 대가는 받겠습니다만."

"……몸으로 지불하라는 건 아니겠지."

"아무래도 그렇게까지 하지는 않습니다. 그저──."

필리아가 눈짓을 하자, 엘린이 품에서 두루마리를 꺼냈다.

"뭐야 그건?"

"지도."

말하면서, 엘린이 두루마리를 테이블 위에 펼쳐 놨다.

동쪽 바가바가 산맥…… 처음 보는 지명이다.

그리고 품위도 없고.

"여기 가고 싶다고?"

필리아가 고개를 크게 끄덕였다.

"예. 화산지대라서, 질 좋은 온천이 있다는 것 같습니다."

"……하지만, 멀리 가면 적자가 나는데."

"여비는 저희가 내겠습니다. 용사 공은 아무것도 걱정하지 않으셔도 됩니다."

좋은 얘기에는 숨겨진 함정이 있다.

이 녀석들이 그렇게까지 가고 싶어 하는 이유가 대체 뭐지?

경계심을 드러내고 있었더니, 필리아가 씩, 하고 짓궂은 미소를 지었다.

"이 온천의 효능은 피부 미용, 관절통, 튼 살 치료, 그리고…… 정력 증강이라고 들었습니다."

"저, 정력?"

들어가기만 해도 울끈불끈해진다는 것 같다고, 릴리 선생님이
말했다.

"게다가 혼욕이라는 것 같더군요. 덕분에 음마 놈들의 난교
장소가 되어가고 있다는 이야기를 들었습니다."

필리아는 입술을 일그러트리고 요염하게 웃었다.

"그, 그렇게 위험한 곳에, 임자 있는 남자를 데리고 가서 어쩔
셈인데……?"

"당연히 마물 퇴치를 해야죠. 사악한 음마를 퇴치해서, 사람
들이 온천 시설을 안심하고 이용할 수 있게 해드리는 겁니다."

"……그리고, 우리가 제일 먼저 온천을 이용하고."

그렇게, 엘린이 끼어들었다.

"그렇구나, 미용 효과를 노리고 있다 이거지. 그럼 바로 출발
──."

"물론, 용사 공은 저희와 같이 들어가셔야 합니다."

"……뭐?"

필리아는 내 어깨에 턱을 얹고, 풍만한 가슴을 아낌없이 내 팔
에 들이댔다.

브래지어 같은 못된 물건이 발명되지도 않는 이쪽 세계는, 기
본적으로 노브라다.

따라서 감촉이 다이렉트하게 전해지고, 나도 모르게 모양이나
색을 상상하게 될 정도로 몰캉몰캉한 느낌인데, 바로 그게 필리

아가 노리는 점이겠지.

질 수는 없다고 몸을 딱딱하게 긴장시켰더니, 필리아가 내 귓가에 이렇게 속삭였다.

"음마 퇴치가 끝나면, 용사 공은 저희와 함께 온천에 들어가서—— 저희와 함께 몸을 청결하게 하고, 저희들의 몸을 몸으로 씻어주시면 됩니다."

"날 무슨 목욕 수건처럼 쓰겠다는 거야?!"

"무슨 문제라도 있나요? 용사 공은 오로지 엘자 공만 생각하시고, 저희 같은 건 이성으로 의식하지도 않으시잖아요?"

"아니…… 그건…….”

타입이 다른, 세 미녀와 혼욕. 서로 씻어주기도 하자. 수건은 네 몸이다!

고문과 포상을 더한 다음에 반으로 나눈 데다 광기를 비벼놓은 것 같은 시추에이션이지만, 이번 달의 위기를 넘기려면 다른 선택지가 없다.

"——그래. 어디 한 번 해보자."

모든 것은 내 이성에 달려 있다.

괜찮아, 나한테는 엘자가 있으니까.

사랑의 힘이, 날 유혹에서 지켜줄 거야.

……아마. 아마도.

내 몸은 이미 묘한 기대에 반응하고 있지만, 아슬아슬한 선에서 멈출 수 있을 거라고 믿고 싶다.

지금까지도 그랬으니까.

지금까지라는 표현을 써야 할 정도로 이런 하렘 이벤트가 벌어져서 정말 많은 죄를 지었지만, 그걸 매번 용서해주는 엘자는 진정한 성녀인 것 같다.

"가자! 바가바가 산맥!"

내가 말하자, 동료들이 미소를 지었다.

"용사 공이라면 그렇게 말할 거라고 믿고 있었습니다.

"……어쩌고저쩌고해도, 밝히니까."

"맞는 말이지."

세 여자가 찰싹찰싹 달라붙은 채로, 나는 계산을 마쳤다.

나갈 때, 주인이 말했다.

"엄청나게 부럽지만, 잘 생각해보면 엄청나게 귀찮을 것 같으니까, 난 그 짓 못 하겠다."

그 말이, 귓속에서 사라지질 않았다.

작가 후기

타카하시입니다.

1권부터 계속 사주시는 분, 이번 권부터 시작해보신 분, 인터넷 연재 때부터 읽어주신 분, 정말 감사합니다.

전부 감사합니다. 설마 세 번째 후기를 쓰게 되리라고는 생각도 못 해서, 완전히 방심한 상태에서 원고 수정에 들어간 것이 이번 권입니다.

덕분에 마감을 잔뜩 어기고 말아서, 많은 분들께 큰 피해를 끼쳤습니다. 정말 죄송합니다…….

에~ 이 작품은 소위 말하는 인터넷 소설이 원작이고, 「소설가가 되자」에서 연재했던 것에 가필 수정을 하고, 하는 김에 개인적인 성적 취향 같은 것도 추가한 작품입니다.

가족이나 친척들이 "어떤 소설을 쓰는 건데?"라고 물어볼 때마다, "연애 소설이야. 순애 노선이라고 해야겠지"라고 잡아떼고 있지만, 사실은 45세 여성의 사타구니를 손으로 씻어주는 장면을 그리는, 상상 범죄 그 자체 같은 내용을 쓰고 있습니다.

그렇습니다.

지난번 후기에서 큰 글씨까지 써가면서 외쳤던, 필리아의 사타구니를 벅벅 씻어주는 장면을, 이렇게 책으로 내게 됐습니다.

진심으로 기쁩니다!

나라와 시대가 달랐다면 체포당했을 내용인데, 작가로서 너무나 기쁠 따름입니다.

제 뇌와 시력은 이런 것을 낳기 위해서 만들어졌구나~ 라고 실감하고 있습니다.

하지만 인간의 욕망이란 끝이 없는 법이라서, 그 장면을 책으로 냈으니까 다음엔 이것도…… 라는 욕심이 뭉게뭉게 샘솟는 상태이기도 하고 아니기도 합니다.

인터넷 연재판을 읽었던 분들이라면 잘 아시겠지만, 안젤리카와의 코스프레 아기 플레이라든지, 리오의 브래지어 얼굴 닦기라든지, 아야코의 겨드랑이 핥기라든지, 사람으로서 절대로 삽화를 넣어야만 하는 장면들이 아직도 잔뜩 남아 있습니다.

이것은 인류의 의무입니다. 온실효과 가스 삭감 같은 것입니다.

여자아이 몸으로 순문학의 극치를 추구하다보면, 이런 시추에이션이 될 수밖에 없습니다. 다른 선택지가 없습니다.

저는 한시라도 빨리, 구슬 같은 땀을 흘리는 아야코의 겨드랑이 그림이 보고 싶습니다. 틀림없이 여러분도 보고 싶을 겁니다. 그런 겁니다.

그러고 보니 아야코 하니까 생각났는데, 주인공이 이 아이한테만 「짱(ちゃん)」을 붙여서 부르고 있습니다. (주 : 일본어판에서만 해당되는 부분입니다. 한국어 번역 과정에서는 굳이 표현할 필요가 없다는 판단으로 생략한 부분입니다. 본 후기의 내용은 참고삼아 읽어주시면 감사하겠습니다.)

대체 왜 그러는 걸까~ 라고 신경 쓰인 분은…… 지금까지는 없습니다.

한 사람도 없습니다.

정말로, 어느 독자분도 그걸 물어보지 않으셔서 어라? 하는 기분입니다.

누군가 궁금하지 않을까~ 라고 생각했는데.

그래서 이번 기회에 그 이유를 밝힐까 하는데, 사실은…… 단순히 「글자 수 조절」 때문이었습니다.

인터넷 판에서 아야코가 처음 등장하는 에피소드를 썼을 때, 글자 수가 약간 부족했기 때문에, 급하게 「짱」을 붙인 게 시작이었습니다.

정말 말도 안 되는 이유죠!

아무래도 리오와 안젤리카보다 나중에 나온 히로인이다 보니, 여러 부분에서 조정을 받은 아이입니다.

겉모습도 그렇고.

아무튼 다른 두 사람과 인상이 겹치지 않게 하려면 어떻게 해야 좋을까, 라고 고민한 끝에 「거유 문학소녀」와 「트윈 테일 로리」라는 후보로 좁혀졌고, 결과적으로 「거유 문학소녀」를 채용하는 형태로 태어난 것이 아야코입니다.

만약에 로리 쪽을 채용했다면 어떤 일이 벌어졌을까요. 범죄의 냄새가 장난이 아니었겠죠, 아마도.

어린 여자애를 상대하는 러브 코미디를 쓸 배짱이 없었기 때문에 안젤리카와 리오보다 나이가 많은 문학소녀가 됐고, 삽화가 그려지는 단계에서 리오와 구분하기 쉽도록 머리카락 색이 밝아지고 안경도 추가된 아야코입니다만, 처음에 제 머릿속에 있었던 아야코보다 「부도덕한 느낌」이 더 강해졌으니까 괜찮지 않을까, 라고 생각하고 있습니다.

왠지 금세 임신해버릴 것 같잖아요, 지금의 아야코는.

이래야 아야코겠죠. 뛰어난 디자인이라고 생각합니다.

세로 골지 스웨터를 소화하기 위해서 태어난 것 같은 얼굴입니다.

그리고 폭력적인 수준의 가슴.

1권 시점에서는 87cm E컵이었습니다만, 보나 마나 매일 밤 나카모토를 생각하면서 주물러댔을 테니까, 지금쯤은 F컵 정도로 성장하지 않았을까요.

최종적으로는 G컵인 필리아에 맞서는 사이즈까지 갈 것 같습니다.

이번 권에서는 아야코와 필리아의 더블 히로인 같은 느낌이라고 생각하고 있다 보니, 가슴 사이즈 인플레가 정말 엄청납니다.

가슴 사이즈 투톱이 격렬한 싸움을 펼친 결과, 일러스트의 가슴 비중이 아주 난리가 났습니다.

『이런 가슴으로 어떻게 서점에서 일을 하겠어 VS 이 가슴으로 어떻게 신관 일을 하겠어.』

시판 역할인 엘린이 납작 가슴이니까, 인플레이션을 잘 억눌러줄까요.

계속 필리아와 아야코 얘기만 했지만, 엘린도 은근히 앙케트 투표수가 많았던 기억이 납니다.

이런저런 일이 있어서 고양이 소녀가 돼버린 불쌍한 아이지만, 실제 연령이 28세니까 사양하지 않고 발정기 에피소드 같은 걸 넣어도 되겠죠, 라고 생각하니까 두근두근하네요.

 엘린이 야옹~ 야옹~ 울면서 야하게 응석을 부리는 장면, 보고 싶지 않나요?

 그러니까, 앞으로도 책이 계속 나올 수 있도록, 많은 협력을 부탁드리겠습니다.

 또 다른 범…… 러브 코미디의 극치를 보고 싶다고 생각하시는 분은, 이 책을 들고 계산대로 GO!

 그리고 이번 달에는 만화도 같이 나오니까, 그쪽도 세트로 구입해주시면 더더욱 감사하겠습니다.

 작자가 기뻐하면 무슨 짓을 저지를지 모릅니다.

 이번 권보다 더 에로…… 순애한 표현이 나올 수도 있습니다!

 가자! 계산대로!

 ……뭐, 이번에도 후기가 많이 길어졌습니다만, 끝까지 함께해주셔서 정말 감사합니다.

 각 방면에 대한 감사합니다.

 위험한 표현이 잔뜩 포함된 이 작품을 간행해주신 오버랩 문고 님, 헌신적인 서포트를 해주신 담당 편집자 I님, 매력적인 일러스트를 제공해주신 아유마 사유 님, 정말 감사합니다.

 이 작품이 이렇게 형태를 갖추게 된 것은, 전부 여러분의 힘이 있었기 때문입니다.

THE SKILL OF
PATERNITY

[이세계에서 돌아온 아저씨가 부성 스킬로 파더 콤플렉스 아가씨들을 헤롱헤롱] 3

2020년 4월 24일 1판 1쇄 인쇄
2020년 5월 1일 1판 1쇄 발행

저자 타카하시 히로무
일러스트 아유마 사유
옮긴이 김정규
발행인 유재옥
본부장 조병권
담당편집 정영길
편집1팀 정영길 김민지 조찬희
편집2팀 김다솜 이본느
편집3팀 오준영 곽혜민
미술 강혜린 박은정
라이츠담당 김슬비 한주원
디지털 박상섭 박지혜 이성호
발행처 ㈜소미미디어
제작처 코리아피앤피
등록 제2015-000008호
주소 서울시 마포구 토정로 222, 403호 (신수동, 한국출판콘텐츠센터)
판매 ㈜소미미디어
마케팅 한민지 권지수
전화 편집부 (070)4164-3962, 3963 기획실 (02)567-3388
판매 및 마케팅 (070)4165-6888 Fax (02)322-7665

ISBN 979-11-6507-574-3 (04830)
ISBN 979-11-6389-753-8 (세트)